Mes châteaux en Espagne

Tome 1

- CORINNE POISSON -

Mes châteaux

en

Espagne

Tome 1

© 2024 Corinne Poisson

Édition : BoD · Books on Demand GmbH, In de Tarpen 42,

22848 Norderstedt (Allemagne)

Impression : Libri Plureos GmbH, Friedensallee 273,

22763 Hamburg (Allemagne)

ISBN : 978-2-3224-7903-0

Dépôt légal : Décembre 2024

Le sujet de philosophie du baccalauréat vient d'être distribué. Je n'en reviens pas, je souris même légèrement : ce sujet est pour moi. Pauline et Chloé avaient toutes les deux tort et tant mieux car il ne s'agit ni du thème de l'art ni de celui de la politique.

Au terme des bouleversements personnels que j'ai vécus cet été, on me demande de disserter sur la nécessité des sentiments. Il faut dire que oui, des sentiments, j'en ai brassé! Et une chose est certaine : il n'y a pas que les voyages qui forment la jeunesse !

Évidemment, je vais sûrement citer les pensées les plus honorables de ces grands messieurs philosophes et écrivains. Je ferai jouer Platon, Épicure, Montaigne, sans oublier Nietzsche et aussi Sartre. Pourquoi pas convoquer Chateaubriand aussi ? Bon, il faudra que je sois sérieuse et objective mais je vais quand même me replonger avec délectation dans l'atmosphère de cet été qui fut à la fois si joyeux et si constructif.

C'est comme quand on sort d'une salle de spectacle et qu'on te demande ton avis sur le concert. Sauf que cette année, le concert en question, je ne l'ai pas écouté passivement dans mon fauteuil : c'est moi qui l'ai dirigé. Du haut de mon pupitre, sur mes talons, j'ai pris ma baguette et, audacieuse, j'ai donné le tempo. Mon avis sera donc à l'image de ce que je suis devenue et de ce que je continuerai à vouloir être.

Retrouver

les vieilles pierres

du Passé

1

Ma famille maternelle est espagnole. Les parents de ma mère avaient fait partie de la dernière vague migratoire des années soixante vers la France fuyant le régime franquiste. Ils avaient quitté, comme beaucoup d'autres de leur âge, leur village natal, dépourvu d'avenir pour eux. Ils pensaient partir pour quelques mois, peut-être quelques années, dans la perspective de profiter de meilleures conditions de vie. Quand on est jeune, l'espoir est immense, on s'imagine tellement de belles choses futures. Ils avaient entendu dire que la France manquait de main-d'œuvre et eux avaient du courage à revendre. Trouver un travail avec un salaire décent, c'était non seulement la perspective de s'offrir un petit confort mais aussi l'espoir que leurs enfants fassent encore mieux qu'eux. La famille avait choisi de s'installer dans la région bordelaise. La Garonne avait jadis ennobli Bordeaux de toutes les richesses mondiales marchandes et humaines. Mon grand-père avait eu écho de cet « Eldorado » même si le mot est mal choisi car ce ne fut pas une illusion comme pour les anciens conquistadors espagnols. En effet, il avait aussitôt trouvé un travail dans le bâtiment et ma grand-mère avait intégré peu de temps après le CHU en tant qu'aide-soignante. Des postes qui étaient très convenables par rapport à d'autres Espagnols qui n'avaient pas eu autant de chance et s'étaient contentés de prestations de services à la personne. Ma mère Alexandra se rappelait combien ses parents étaient fiers à l'époque de leur situation. Ils avaient bien vécu dans leur maison en périphérie, ils n'avaient jamais manqué de rien. Et ensuite, ma grand-mère s'était arrêtée de travailler pour élever ses cinq enfants.

C'est ainsi que, pendant leurs congés payés, tout comme les autres Espagnols dans la même situation, ils remplissaient les voitures et partaient au « pueblo » comme les immigrés maghrébins se rendent au « bled ». Et quand ma mère a rencontré mon père Olivier durant ses études de comptabilité, ce rituel n'a jamais cessé. Au grand plaisir de mon père, pur Bordelais, qui se mit à adorer ce pays et ses habitants. Et puis, il y a dix-huit ans… Zorro est arrivé… ! Euh, enfin Zorra… Bref, MOI, Victoria. Pour la petite histoire, mon prénom rendait non seulement hommage à une certaine reine d'Espagne (pour faire plaisir à ma grand-mère) mais surtout reflétait la difficulté que ma mère avait rencontrée pour avoir son premier enfant. Donc, j'ai fait mon entrée parmi eux, suivie quatre ans plus tard par mon frère Hugo. Mes grands-parents ont quitté ce monde mais le pèlerinage s'est perpétué pour ma mère qui emmenait toujours une de ses sœurs, Rosa que tout le monde appelle Rosita. Les autres sœurs étaient moins traditionnelles et préféraient des destinations plus exotiques pour leurs vacances.

Et donc chaque année, sans se poser de questions, ma mère préparait les valises, Rosita faisait des gâteaux, mon père récoltait les derniers légumes du potager et remplissait une valise d'outils tandis que mon frère et moi rassemblions ce que nous pensions être indispensable (surtout moi !). Même si nous partions tôt, la route me semblait interminable, de surcroît à côté d'un frère qui faisait exprès d'être pénible pour sans doute tuer le temps.

Et nous arrivions, glorieux tels Ulysse et son équipage après un long voyage, acclamés par la foule en délire… Non, je plaisante, mais… Les habitants ne cachaient pas leur immense plaisir à retrouver les vacanciers. Évidemment, après une année, ça faisait du bien de revoir famille et amis.

Nous réintégrions la petite maison familiale comme la plupart des autres vacanciers et le village, qui avait perdu la moitié de sa population en cinquante ans, se repeuplait gaiement en prenant des allures de club de vacances. C'était pour moi comme pour tous les autres enfants le rendez-vous annuel avec nos cousins, cousines, amis de France ou d'Espagne que nous voyions exclusivement entre ces murs. Mais tous les ans aussi nous faisions de nouvelles connaissances.

Nous passions des moments ensemble, des moments atypiques car nous retrouvions la langue natale de nos parents, celle que nous parlions uniquement à la maison. C'était bizarre, mais nous avions le sentiment que cette particularité était précieuse, comme un trésor que nous déterrions tous les ans, à la même époque, au même endroit et avec presque les mêmes personnes. Ainsi, tels des oiseaux au printemps, les langues se déliaient petit à petit et nous parlions à longueur de journée tout en jouant. Il y avait « teeeellement » de choses à raconter de nos différentes vies : nos préoccupations du moment et celles à venir !

C'était chouette pour chacun d'entre nous de s'approprier ce village où nous n'avions jamais vécu. Si rassurant de retrouver ces pierres immuables, témoins de nos évolutions.

Ce lieu était tellement cher au cœur de nos parents que nous le trouvions précieux. En quelque sorte magique et merveilleux. Tout semblait « à nous » : la place, la cour de l'école, les terrains de jeu, les piscines naturelles, les ruelles, les ruines, les champs d'oliviers… Nous considérions même certains endroits comme secrets, connus uniquement par notre clan. Et chacun avait conscience du respect que nous devions à ce village : hors de question de laisser traîner un papier de bonbon ou une bouteille, hors de question de détériorer, hors de question de ne pas saluer tous ceux que nous croisions même si c'était trois fois dans la même la journée. C'était féerique, comme un pays imaginaire. Nous courions partout en jouant et en criant à tue-tête sans restriction, presque enfants rois. Nos parents s'amusaient aussi beaucoup en terrasse des cafés en riant très fort.

Et puis, la fin des vacances devenait de plus en plus déchirante avec le temps car nous n'étions plus sûrs de nous retrouver. Nous remarquions que d'année en année, nous ne voyions plus certains « grands » happés par leurs projets de vie mais aussi certaines vieilles personnes happées par leur fin de vie. Ainsi, progressivement, nous prenions conscience de la notion du temps. Cette parenthèse annuelle nous mettait devant le fait accompli. Il y avait eu un temps qui avait vu construire ce village et un autre qui faisait évoluer ses héritiers en les réunissant, en les séparant. La nature accompagnait tous ces mouvements mais punissait le manque d'attention à son égard comme pour ces maisons abandonnées que l'on retrouvait envahies par le lierre et les ronces. Rien n'est figé, tout est en mouvement même les sentiments et il ne faut pas baisser la garde.

Lorsqu'on est enfant, on ne se pose pas trop de questions. On vit les situations telles qu'elles se présentent, bonnes ou mauvaises. Pour ma part, mon caractère curieux incitait à plus de réflexion et aussi plus d'implication en société. J'adorais prendre des risques et notamment me mêler aux jeux des garçons plus casse-cou que les filles. Je fuyais l'ennui et recherchais toujours les choses les plus gaies et les plus passionnantes. Cela me coûtait parfois dans mes relations car ma spontanéité se traduisait en maladresse. Je ne dirais pas que j'étais égoïste, car je faisais toujours attention à mes camarades, mais je ne voulais faire et ne faisais que ce qui me plaisait.

Déterminée, je l'étais et je le suis restée. Mais l'impulsive petite fille s'est quand même un peu assagie avec l'âge. La seule chose que j'ai gardée comme fer de lance, c'est la part des rêves. Qualité ou défaut, peu importe, ceux-ci m'ont aidée, m'aident et m'aideront toujours à garder le cap. En plus, je pense que les rêves, tout comme les fœtus, doivent être nourris pour pouvoir naître et qu'ils sont faits pour être vécus. Un jour, notre prof de français nous avait appris une expression : construire des châteaux en Espagne, qui veut dire avoir des rêves ou des projets irréalisables… Eh bien moi je dis que c'est nul. Pourquoi on ne pourrait pas bâtir un château quand on a de l'argent et pourquoi pas sur le sol espagnol ? Pourquoi dire que c'est impossible dès le départ, quand il y a une chance même infime que cela se réalise ? Moi, j'avais dans la tête de tout simplement réussir ma vie sentimentale et professionnelle. Un objectif banal mais que bien des personnes ont du mal à atteindre quand je regarde autour de moi… À part mes parents et leurs amis… Bien sûr, tous les jeunes en rêvent… Mais en rêvent-ils vraiment ?

2

Ce fut lors d'une belle soirée du mois de mai, pour le tout premier barbecue de l'année à la maison avec la famille Rivière, que le soleil se mit tout à coup à briller dans le ciel assombri.

Charlotte et Christophe Rivière sont des amis de plus de vingt ans de mes parents. Les deux couples forment ensemble un cocktail explosif. Je ne sais pas pour quelle raison, dès qu'ils se voient, c'est presque infantile, le sourire aux lèvres ils ne peuvent s'empêcher de dire des bêtises qui provoquent rires et fous rires dont je ne comprends pas toujours la raison… Ai-je mal entendu ou pas compris en raison de mon âge ? Dans tous les cas, c'est comme un train qui déraille : tout est normal et d'un seul coup, c'est l'euphorie. Quelquefois, ils font une blague volontaire mais souvent, et c'est là le plus hilarant, ils disent sans le vouloir des aberrations. C'est le point commun entre ma mère et Charlotte. Cette particularité d'énoncer un mot à la place d'un autre, de façon spontanée et inconsciente, rendant une phrase ridicule. Elles disent qu'elles ont « la langue qui fourche ». Après, il y a aussi les mots qui ont un double sens, je veux dire le sens commun et le sens plutôt obscène. Ma mère dit souvent que « la langue française est coquine par nature ». Non qu'ils aient systématiquement un langage grivois, mais c'est dans une sorte de décontraction naturelle que les mots s'échappent inopinément, et là bien sûr, les hommes ne les loupent pas ! Ma mère un jour a dit à Charlotte : « On a un don ! », celui de dire « le » mot improbable ! C'est vrai que c'est souvent incroyable… Enfin, c'est sûrement dû au fait qu'ils se sentent bien ensemble et que la tension du quotidien se relâche. L'humour est une bonne bouffée d'oxygène dans nos vies quotidiennes polluées de tensions et de méchancetés. C'est le seul moyen de lâcher prise et de se ressourcer. Et eux ne sont jamais à court d'idées… Comment trouver toujours un prétexte à rire ? Comment font-ils ? Leur secret ? En fait, leur humour est le même. Ce n'est pas « l'amour réciproque » mais « l'humour réciproque » ! C'est agréable d'être spectateur de cette amitié véritable et inaltérable avec le temps. J'aimerais bien avoir des amis comme ça plus tard. Et j'interdis à quiconque de penser qu'ils ont l'air idiot par moments ! Moi, je les admire.

Avec leurs enfants, Yann et Lucas, nous nous entendons bien aussi. Yann a un an de plus que moi et Lucas a l'âge de Hugo. Comme nous avons grandi ensemble Yann et moi, notre entente est simple et franche comme celle des frères, les prises de tête en moins ! Hugo et Lucas ont le même caractère et donc la même complicité.

Il faisait vraiment bon ce soir-là et c'est pour cette raison que ma mère avait décidé de « l'ouverture officielle des barbecues de plein air ». Évidemment, comment ne pas parler de ces douces et agréables températures après les longues périodes de pluie précédentes ? Nous n'en pouvions plus de ces journées où tout avait été gris, sale et donc moche. Comment ne pas penser au doux soleil libérateur, aux sorties et par conséquent aux vacances ?

Christophe parlait nostalgiquement de leur dernier séjour en Irlande mais Charlotte râlait un peu à cause, justement, du manque de soleil qu'elle avait déploré. Elle disait qu'elle aimerait une destination plus chaleureuse pour cet été mais pas trop loin non plus, par manque de budget. Ils connaissaient bien l'Espagne, nous savions qu'ils n'allaient pas l'envisager. Christophe évoqua le Portugal car il avait vu des reportages à la télé. À cette époque, les médias parlaient beaucoup de Lisbonne comme lieu à la mode pour les Français. Je voyais que cela faisait envie à mes parents qui ne connaissaient pas. Ils écoutaient les descriptions de Christophe avec des yeux écarquillés et brillants. Et à la fin, celui-ci avoua qu'ils allaient certainement y aller avec Charlotte et leurs deux garçons. Je ressentis une légère jalousie dans la remarque de mon père, « C'est une super idée… », suivie d'un moment de silence. Un silence très bruyant en pensées !

D'un seul coup, Christophe posa son verre de vin sur la table et lança : « Eh bien, venez avec nous ! » Nous étions tous surpris, sauf la famille Rivière qui semblait avoir dégainé avec préméditation. Je regardai ma mère pour voir sa réaction face à la détonation. Un froncement de sourcils traduisait nettement sa contrariété. Elle se mit à inspirer comme pour dire quelque chose puis souffla sans qu'aucun mot ne sorte, tiraillée entre sa priorité affective et son fort désir de changement. Bien sûr, tout le monde savait qu'il lui serait difficile d'échapper à sa visite familiale annuelle. C'était vital pour elle et sa sœur Rosita, un plein de vitamines pour les mois d'hiver. C'était comme une impasse sans issue. L'espoir était donc très faible. Christophe l'avait bel et bien déstabilisée.

Et puis, contre toute attente, mon père, tel un arbitre, se mit entre les deux en proposant : « On pourrait y aller après l'Espagne ! En écourtant un peu le nombre de jours au village, c'est tout à fait faisable, ce n'est pas si loin en voiture ! » Son idée semblait bonne mais il venait de prendre un risque vis-à-vis de ma mère prise au dépourvu. Autour d'elle, les visages s'illuminèrent de joie. Elle, elle souriait plus qu'elle ne riait, restant sur la réserve à cause de la pensée d'un séjour raccourci dans sa famille. Elle fit une tentative pour calmer cette joyeuse effervescence en disant : « On va réfléchir, ne nous emballons pas », mais personne ne l'écouta et elle en fut gênée, elle se sentait dans une position de rabat-joie. Elle voyait bien que les fusées du feu d'artifice étaient lancées, que le spectacle allait bel et bien avoir lieu car aucune pluie, aucun orage ou tempête n'étaient annoncés.

Les jours suivants, j'entendais mon père qui ne lâchait pas l'affaire. Il entretenait le sujet à la maison en argumentant avec les récits élogieux faits par ses collègues, ajoutant que c'était aussi une bonne chose pour la culture des enfants.
Il s'y prenait avec beaucoup de tact et même une fois avec humour. Alors que nous étions à table et que ma mère parlait de son boulot, il lança soudain :
— Ce serait dommage que ça tombe à l'eau, quand même !
— Mais… de quoi tu parles ? lui avait-elle demandé.
— Eh bien, les vacances avec les Rivière… Ce serait dommage que ça tombe à l'eau ! Avec les Rivière… Parce que ça coule de source… avait-il insisté.

Et il pouffa, ravi de sa boutade. Hugo était hilare et ma mère sourit en lui disant : « Tu l'as cherchée toute la nuit ta blague à deux balles ? »

Mais le lendemain soir, Charlotte téléphona à ma mère. J'étais à côté et elle avait mis le haut-parleur, alors j'entendis la conversation. Elle disait avoir « dégoté une superbe maison cossue en pierre à côté de Lisbonne ». Elle décrivait une très belle et vaste demeure, au calme car éloignée de la ville, avec un grand jardin d'arbres fruitiers et surtout un loyer très bon marché. Je regardais ma mère écouter avec un doux sourire et je me demandais ce qu'elle pouvait bien penser à ce moment-là. Était-elle vraiment convaincue par la joie communicative de Charlotte ? Ou se résignait-elle à faire plaisir à tout le monde ? Le fait est qu'elle répondit : « OK, d'accord, ben vas-y réserve ! »

Voilà, le projet était officiellement lancé. Il avait suffi d'un petit « OK, d'accord » pour faire naître l'emballement collectif officiel tant attendu. Nous allions donc partir dans un pays étranger pour la première fois et en plus avec nos amis !

Pour ma part, j'étais surexcitée : mes vacances en Espagne allaient prendre une tout autre tournure qu'à l'accoutumée avec nos amis et, de surcroît, j'allais visiter Lisbonne. J'avais hâte d'être à lundi à l'école, quand j'en parlerais. J'allais faire des envieuses. Pour certaines filles, j'aurais l'occasion de me venger, je pourrais me vanter à mon tour ! C'était tellement énervant d'entendre ces niaises rabâcher la même rengaine toutes les fins d'années scolaires :

— Alors, Victoria, tu vas où en vacances cette année ? Je parie que c'est en Espagne comme d'habitude !

Et moi de répondre, bien sûr, comme d'habitude :

— Oui, c'est ça.

— Ah ah ah, toi t'es relou ! Toujours pareil ! Moi cette année, je vais en Corse ! Et toi Solène ?

— Moi, en Crête. Et toi Jade ?

— On va faire la Côte d'Azur cette année. Trop cool !

— Oui, j'avoue…

Gnagnagna… Gnagnagna…

Je n'y croyais pas, cette fois j'allais pouvoir leur rabattre le caquet à ces morveuses (et je reste polie), Lisbonne était l'une des villes les plus branchées cette année-là pour les jeunes. Elles allaient me haïr, enfin juste un peu plus quoi ! Heureusement ma pote Pauline, elle, se réjouirait pour moi. Chloé, Emma et Noémie ne feraient pas de remarques désobligeantes non plus, elles étaient sympas. Nous nous suivions depuis le collège. Nous allions pouvoir échanger nos photos sur les réseaux sociaux !

En plus, j'étais contente pour mes parents. Après toutes ces années, après toutes ces soirées de franche rigolade, mais faut dire aussi de peines partagées – comme pour un mariage : « pour le meilleur et pour le pire » –, ils avaient enfin décidé de passer des vacances avec leurs amis préférés. Mes parents étaient déjà partis avec d'autres copains, mais leurs manières de vivre au quotidien s'étaient révélées très différentes et leur amitié en avait un peu pâti. Cette expérience les avait légèrement découragés. Mais avec les Rivière, ils avaient déjà passé des week-ends réussis. Moi, cela me plaisait bien de passer nos vacances avec eux et leurs deux garçons de treize et dix-huit ans car on partageait toujours de bons moments.

C'est donc pour en reparler que les Rivière nous avaient invités un dimanche à midi. À l'apéro, Yann, Lucas, mon frère et moi étions allés dans la chambre pour jouer à la console. Ils avaient un jeu vraiment trop top et moi, la seule fille, j'étais rusée et je me débrouillais pas mal ! Ça les faisait râler qu'une fille les batte, c'était trop drôle !

Quand nous sommes revenus pour nous mettre à table, nous nous sommes regardés avec surprise car on ne comprenait pas trop.

Ma mère disait :

— Tu vas voir, Charlotte, tu vas adorer où se trouve le village car il est dans les montagnes. En bas de notre rue, on surplombe d'autres vallées et d'autres villages.

Et mon père disait :

— Tu vas voir Christophe, il y a un coin dans les bois où on peut se baigner, jouer à la pétanque et faire un barbecue.

Pas de doute, nous avions bien compris : ils venaient avec nous au village ! Je posai quand même la question à ma mère qui me confirma avec un franc sourire : « Eh oui ! Ils vont souvent en Espagne mais n'ont jamais visité cet endroit, c'est dommage, non ? » Le plaisir de montrer son village à ses amis l'avait complètement transformée. Et pour moi, c'était le pompon sur la Garonne (comme on dit ici) ! J'étais vraiment ravie et les trois garçons le semblaient aussi ! Nous avons passé le repas à raconter, nous les Martínez, aux Rivière tout ce qu'on allait pouvoir faire là-bas et combien ils allaient aimer cette liberté et cette « Dolce Vita » à l'espagnole que nous appréciions tant. Pour Lucas, tout lui était égal pourvu qu'on lui parlât de « liberté » ! Pourtant, ils étaient comme nous, leurs parents n'étaient pas stricts comme certains. Yann faisait le râleur en disant qu'il allait devoir réviser son espagnol mais c'était son côté « je cache ma joie ». Hugo et moi étions trop heureux d'amener des invités à nos potes de là-bas. Toute la famille se réjouissait à l'idée de partager ces futurs moments que nous augurions magiques.

3

— *O*iiiv ! C'est horrible !

— Aleeex… Quoi encore ?

— J'ai perdu ma check-list !

— T'as perdu ta tête grise ? Qu'est-ce que tu dis ?

— Ma check-list ! Pour ton information, c'est une liste où on note tout ce que nous ne devons pas oublier.

— Ouais, comme les « têtes grises » quoi !

— Aaaaah ! Tu m'énerves ! grimaça ma mère.

— Pfff, je me doutais bien que c'était hyyyper grave en tout cas ! se moqua-t-il. Mais enfin, sois zen ! Depuis le temps qu'on y va, c'est pas compliqué, c'est toujours la même chose ! Ah non, cette fois-ci, pense à prendre ta tête, ça pourrait servir !

— Ah, ah, très drôle ! Par contre, si j'oublie de prendre tes médocs pour ton torticolis alors là, tu vas moins rigoler !

Certes, le jour J était arrivé, mais il avait été effectivement précédé d'une semaine très stressante. Papa s'était bloqué les cervicales, Christophe avait eu une bronchite et Charlotte sortait à peine d'une cystite. Quelle équipe de bras cassés ! Ma mère craignait de devoir conduire : elle n'aimait pas rouler sur des longues distances. Pire, vu l'état dans lequel se trouvait mon père, le voyage devenait même compromis. Heureusement, les petites pilules magiques du druide avaient fait leur effet. À cela s'était ajouté un ennui pour ma tante

Rosita. Elle venait d'être victime d'un cambriolage et devait préparer son dossier pour la compagnie d'assurances. Elle était un peu choquée mais disait qu'elle nous rejoindrait plus tard en train. À part ça, nous avions préparé notre départ dans les meilleures conditions ! Était-ce un sort pour empêcher ce voyage ou pour nous le faire mieux apprécier ? On se pose des questions quelquefois…

Ma mère était énervée et mon père aggravait la situation ! Elle voulait tout faire vite, tout faire à la perfection. Elle savait bien que les Rivière n'étaient jamais en retard et puis, on n'allait pas leur montrer qu'on était désorganisés quand même ! Nous la regardions courir dans tous les sens et mon père était blasé de la voir dans cet état : « Pourquoi cette précipitation ? On part en vacances, non ? » disait-il pour essayer de l'apaiser.

— T'inquiète pas, s'il manque quelque chose, il y a des magasins là-bas ! On va pas sur une île déserte, ils sont civilisés, dans ton pays, voyons !

— Ah ouais fais le malin, si c'est comme l'année dernière ! Tu te souviens quand tu avais oublié ton petit maillot de bain adoré ? dit-elle, fière d'avoir repris l'avantage.

— Oh c'est bon ! Écoute, les valises sont prêtes, on a eu largement le temps de penser et repenser à tout, non ?

— OK, OK, va ouvrir le portail. Regarde, il va être cinq heures !

Finalement, les deux adversaires signaient toujours l'armistice : le traité de l'amour !

Les Rivière arrivaient en effet. Ils entrèrent un moment à la maison. Pour moi, jeune de dix-sept ans, je croyais vivre sur une autre planète qu'eux : comment être en forme à une heure pareille du matin ? Dès le « bonjour », c'était parti pour les vannes ! Le ton était donné. Malgré tous les soucis qu'ils avaient eus ces derniers jours, ils trouvaient le moyen de faire de l'humour. Moi, ils me fatiguaient.

— On a eu une super idée avec Charlotte, on a pris les talkies-walkies des enfants et, même s'ils sont de faible portée, on pourra communiquer si on se perd de vue… et puis c'est plus rapide que de passer un coup de fil !

Yann souffla avec l'expression du fils qui a honte de ses parents.

— Ah ouais ! Mais c'est génial ça ! répondit mon père enjoué.
— C'est clair, ça va être super rigolo ! confirma ma mère.
— Mais… C'est surtout utile ! … Après… Oui, bon, ça peut être amusant… reprit Charlotte avec l'air posé.

Christophe aussi voulait se montrer sérieux mais finalement, le côté enfantin reprit le dessus.

— OK, on va faire des essais pour voir si ça marche. Allô, allô, tu me copies ?
— Aaaffirmatif, cinq sur cinq, répondit mon père en essayant d'imiter le langage des cibistes.
— Tu me suis ?
— Roger, dit mon père avec l'accent que l'on entend dans les films américains de catastrophes aériennes.

Et Charlotte entonna une drôle de chanson que je ne connaissais pas :

— Allô Papa Tango Charlie… La la la, dans le triangle des Bermudes !

Les Bermudes… Alors là, elle me faisait peur, j'espérais que cette chanson n'allait pas nous porter la poisse ! La mission de ce genre d'appareils est de nous permettre de rester en contact et non de nous égarer comme dans ce lieu réputé de perdition. Ils continuaient à faire les imbéciles et mon frère m'adressa un signe en agitant la main au niveau de sa tempe pour me signifier leur passage à vide. Nous n'osions pas éclater de rire mais nous nous regardions avec les garçons, amusés par cette conversation en provenance directe de leur adolescence. Le pire c'est que si on ne comprenait rien à ce langage, je crois qu'eux non plus ne pigeaient pas plus que ça et disaient n'importe quoi ! Bref, ce petit sketch improvisé promettait une dure journée d'ennui ! J'avais ce proverbe dans la tête : « Plus on est de fous, plus on rit », mais je me disais aussi qu'ils avaient tout de même la responsabilité de nous mener à bon port et qu'il aurait fallu qu'ils se calment un peu les ex-adolescents !

Malgré la nuit presque blanche que j'avais passée à penser à mes amis et à imaginer Lisbonne, je n'étais pas du tout fatiguée. D'habitude, cela me paraissait pénible de me lever tôt et je n'attendais qu'une chose : me retrouver vite dans la voiture avec mon oreiller pour continuer mon sommeil. Mais là, en ce beau matin du 27 juillet… L'air était agréablement électrique. Il faisait encore nuit et je me surprenais à être très en forme, je me sentais légère comme une gazelle, excitée comme une puce. Nous nous installâmes dans la voiture. Je pris mes écouteurs et cliquai sur la première playlist que j'avais préparée. En même temps, je me déchaussai pour être à l'aise, m'enfonçai dans le siège, les genoux pliés, et pris une petite veste sur mes épaules. C'est alors que mon frère me poussa et commença ses jérémiades.

— Eh ! Sérieux, Vic, mais qu'est-ce que t'as mangé ce matin ?
— Heu, des céréales comme d'hab, pourquoi ? J'ai mauvaise haleine ou quoi ?

— Non, mais va falloir te calmer, c'est abusé là, t'arrêtes pas de bouger… Moi j'te préviens, je veux être tranquille !

— Oh là là ! Mais t'es au bout de ta vie toi ! T'as remarqué, t'as pas ton petit cartable sur ton dos ! On va pas à l'école, on part en vacances, OK ?

Non mais j'hallucinais. D'habitude, c'était lui qui me piquait mon oreiller ou qui me poussait pour m'empêcher de dormir ! Cette fois-ci Monsieur avait décidé d'être « tranquille ». Quand nos habitudes changent, nos comportements aussi et ils peuvent visiblement s'inverser ! Pour moi c'était un grand jour et je ne voulais en manquer aucune miette.

Maman nous demanda le silence. Effectivement, pendant les premiers kilomètres, ce fut « silence radio » même s'il y avait un peu de musique en fond. J'avais laissé tomber mes écouteurs. La monotonie des musiques choisies par mes parents ajoutée au ronflement de la voiture avait réussi à m'entraîner dans un petit roupillon. Les passagers de l'autre voiture devaient dormir également car les petits boîtiers noirs étaient branchés mais rien n'était à signaler apparemment. Et puis, alors qu'un rêve m'avait déjà téléportée dans la forêt du village, j'en fus brutalement extirpée par un mot hors du contexte :

— Aaaallô, allô !

Je revins sur terre et reconnus la voix grave de Christophe.

— Urgence, urgence ! Nous avons une urgence !

Bon, cette excuse me réconforta presque : au moins ce n'était pas pour rien qu'il m'avait sortie de cette clairière si fabuleuse.

— Qu'est-ce qu'il y a ? s'inquiéta ma mère.

— Arrêt pipi oooobligatoire pour Madame Charlotte aux fraises qui ramène sa fraise ! Ha Ha Ha !

C'était clair que sa blague avait fonctionné : ma mère s'attendait au pire et moi il m'avait fait râler. Par contre, Hugo avait poussé un « aaah » de satisfaction car il trouvait déjà le voyage trop long. Il y avait seulement deux heures que nous étions partis mais déjà la lumière du soleil nous éblouissait. On ne sait pas si Christophe l'avait repérée, mais justement une station-service nous attendait en face. Les moteurs ralentirent et les conducteurs n'eurent que l'embarras du choix pour se garer sur un parking complètement vide. Je remerciai quand même Charlotte pour son envie pressante car finalement, je trouvais cet arrêt super cool. J'adore les aires de repos des autoroutes avec leur cafétéria et leur petite boutique. Il y a toujours plein de trucs à grignoter, même s'il faut réclamer un peu à ma madre… Mais elle dit souvent « C'est bien parce que c'est les vacances ! » Comme il n'y avait personne, nous prîmes d'assaut la table haute. Tout le monde se commanda une boisson chaude aux distributeurs automatiques. En revanche, l'appareil de Charlotte semblait ne pas fonctionner. On l'entendait râler puis taper sur la machine en espérant débloquer le verre. Bim, bam, boum : le gobelet se débloqua certes, mais de travers et en même temps que le chocolat chaud qui coulait généreusement… en direction de ses pieds. Heureusement, elle était en bottines et un papier essuie-tout répara vite les dégâts. Christophe, lassé, rajouta : « Et voilà ! Charlotte aux fraises sucre encore les fraises ! » Les fous rires se déclenchèrent comme des sirènes de pompiers. Mon père renchérit en disant qu'elle avait plutôt sucré ses bottes !

À midi, le déjeuner fut pris dans un petit relais routier en bordure de route. Comme Yann se trouvait en face de moi, nous eûmes une conversation inédite depuis que l'on se connaissait. Il voulut savoir s'il y avait des filles de son âge au village et bien sûr je lui parlai de mes copines. Sans qu'il me l'ait demandé, je les lui décrivis une par une. Même si Yann était un beau gosse et qu'il avait en plus une bonne mentalité, je n'avais jamais entendu dire qu'il sortait avec quelqu'un. Sans doute à cause de sa timidité. Il aurait mérité de se trouver une gentille fille mais, en y réfléchissant, je ne voyais aucune de mes amies assez bien pour l'accompagner… Ce n'était pas de la méchanceté envers elles mais je ne les trouvais pas assez sincères et lui me semblait être quelqu'un d'entier et sentimental. Après, je me trompais peut-être… Il m'arrive souvent d'être étonnée par des couples qui se forment sans rien en commun. Je lui fis donc plus de descriptions que de recommandations en évitant de lui parler de leurs caractères. Yann s'exprimait librement avec moi mais sans jamais aborder trop de confidences, il avait sa pudeur masculine ! Il coupa net à cette conversation en disant : « Ouais, bon, et sinon y'a du réseau au village ? » J'ai toujours été admirative de ce que d'autres trouveraient consternant, ce côté « phrases sans transition » pratiqué par les mecs en général ! Et puis, de façon aussi directe, il me demanda : « Et toi ? Tu kiffes quelqu'un au village ? » À cette seconde précise, le hasard voulut que ma mère se fît remarquer en ouvrant une bouteille d'eau avec un bouchon mécanique en porcelaine. Je ne sais pas ce qui se produisit, mais la bouteille glacée, c'est vrai, éclata et arrosa Christophe qui était en face d'elle, coupant les conversations de tout le monde.

Nous reprîmes la route et la dernière étape fut la plus longue. Même si cette fois-ci tout le monde était bien éveillé et que Charlotte n'arrêtait pas de dire des bêtises dans le talkie-walkie, le temps ne passait pas assez vite. Nous nous arrêtâmes une dernière fois à quelques kilomètres avant le « pueblo ». Mes parents savaient que les Rivière apprécieraient ce point de vue. Nous, nous connaissions ce panorama que nous avions l'habitude d'admirer devant un muret de pierre. Nombreux étaient les gens qui y faisaient une halte.

C'était une falaise qui offrait un paysage époustouflant du centre de l'Espagne. Lorsque nous sortîmes des voitures rafraichies par l'air conditionné, la chaleur nous saisit brusquement mais l'altitude avait l'avantage de nous faire profiter d'un petit vent frais bien agréable. Charlotte et Lucas poussèrent un « waouh » et les autres n'en pensaient pas moins, stupéfiés par cette vue plongeante et presque irréelle. Des routes et surtout des chemins serpentaient à travers les montagnes et il n'y avait aucun signe de vie mis à part quelques oiseaux au loin déployant fièrement leurs immenses ailes sur leur domaine. Et sur le côté gauche de cette carte postale vivante, se dressait le village.

Des petites maisons s'enracinaient modestement dans cette immensité. Des blocs de pierre tellement petits et fragiles s'accrochaient sur le flanc de cette montagne si haute et robuste. Par bonheur, tout en haut, le clocher entourait de ses bras religieux ces maisonnettes pour les protéger. Chacun d'entre nous essayait d'immortaliser cette vision dans son esprit. Je repensai à ce que me disait ma mère quand j'étais petite : « Prends des photos avec tes yeux. » Tout s'incrustait dans ma tête. L'émotion palpable de nos invités ne faisait qu'accroître la mienne et ces photos m'allaient droit au cœur.

Mon humeur était rêveuse et même si les autres s'agitaient autour de moi, je levai les yeux vers le ciel. La perfection de ce bleu intense m'émerveillait. J'étais prête à écrire des poèmes tellement cet azur était pur et cette voûte céleste céruléenne sereine… Je me sentais ancrée dans le temps présent et plus à même d'apercevoir que de nouveaux horizons s'offraient à moi. Je ne sais pas pourquoi mais à ce moment-là, je fus intuitivement convaincue que les semaines que je m'apprêtais à vivre allaient être radicalement différentes des autres années. Ce paysage, ce moment-là, ne quittent pas, encore aujourd'hui, ma mémoire.

Ainsi, tout le monde se tenait immobile, à faire la mise au point, à choisir l'exposition et le cadrage pour que la photo soit nette et parfaite dans l'appareil et dans l'esprit. En revanche, pour le selfie, nous fûmes obligés d'utiliser un vrai appareil ! Et bien sûr, sans trop nous pencher vers l'arrière sous peine de récolter un cliché digne d'un film d'horreur quand le groupe plonge bêtement dans le ravin !

Cependant, juste avant qu'on parte, ma mère, qui avait elle aussi levé les yeux vers le ciel, cassa l'ambiance et me ramena à plus de légèreté, en laissant échapper une phrase complètement improbable :

— Les nuages sont vraiment bleus ici ! Heu… Non ! Enfin, je voulais dire le ciel ! Pfff !

— Mais oui, répondit mon père, dès qu'on arrive tu pourras te reposer et on te fera ta petite piqûre !

- 4 -

Pour moi la vie va commencer
En revenant dans ce pays
Là où le soleil et le vent
Là où mes amis mes parents
Avaient gardé mon cœur d'enfant
« POUR MOI LA VIE VA COMMENCER », CHANSON PAR JOHNNY HALLYDAY

Après une série de virages qui m'avait paru interminable, nous arrivâmes enfin. Plus nous nous approchions et plus mon cœur battait vite. Je me souvins que petite, obnubilée par mes futures retrouvailles avec les enfants de mon âge et la perspective des vacances folles qui m'attendaient, je connaissais l'ordre des maisons par cœur. Mes pieds ne tenaient plus en place et je m'agitais comme un poisson en eaux troubles. Devant, je voyais mon père mollasson au volant, faisant forcément exprès de conduire au pas pour m'embêter !

Ce jour-là, la venue de nos amis et l'approche de ma majorité contribuèrent à un état d'esprit particulier. Assise sur le siège juste derrière ma mère, j'étais calme. J'enlevai mes écouteurs et mes lunettes de soleil à hauteur du panneau blanc et rouge indiquant le nom du village et ma gorge se serra en voyant ces montagnes se dresser au fond. Avec une étrange émotion, je me mis à contempler tout ce qui défilait autour de moi comme un film au ralenti. Rien ne pressait, et même, je trouvais que mon père avançait trop vite. J'avais l'impression d'avoir de nouveaux yeux qui découvraient ce paysage pour la première fois et tout prenait de la valeur. Depuis le temps que je venais ici, jamais je n'avais relevé le charme de ce petit village médiéval précieux comme un bijou. Je me mettais à la place de nos invités faisant connaissance avec ces lieux. Tout comme ma mère, je trouvais que ce partage de nos petits plaisirs annuels était grisant.

Quel ravissement de découvrir ces maisons en belles pierres choisies, serrées les unes contre les autres et ornées de balcons colorés de linge étendu tentant de former la canopée ! Quel étonnement de constater l'étroitesse de ces ruelles avec des pavés irréguliers, témoignage flagrant d'une autre époque ! Quel saisissement d'observer le soin porté à tous ces détails façonnés avec le cœur et la patience ! Quel émerveillement enfin d'apercevoir ces étendues d'oliviers enveloppant les vallons d'une cape en dentelle verte, contrastant avec les couleurs désertiques. Même si quelques rares endroits — habitations, granges, cours camouflées derrière de hautes herbes folles — semblaient abandonnés, tout le reste était tellement bien entretenu que l'on aurait dit le village fictif d'un parc d'attractions. En y réfléchissant, je me dis que tout ce que je voyais était le reflet de la population locale. Ici les habitants chérissaient ce qui et ceux qui les entouraient, solidaires les uns avec les autres, non pour retenir ce temps qui s'échappait mais pour mieux continuer le fil de l'histoire.

Et voilà, j'allais retrouver mes copines, seules de mon âge à être françaises là-bas : Laura, Mélissa, Inès et Léa. Ce qui me plaisait, c'est que chaque année était différente. D'un été à l'autre, nos poupées avaient changé et étaient reparties chez elles très sales ou abîmées. Et puis, elles revenaient plus sophistiquées et coquettes, embellies par de nouvelles tenues que nous avions échangées ou fabriquées tant bien que mal. Ensuite, en grandissant, les jeux de plein air avaient occupé toutes nos journées. Souvent, on s'improvisait infirmières en se collant des pansements sur les genoux ou les coudes égratignés par des sols rosses et sans pitié. Mais il fallait être aussi couturières, décoratrices, coiffeuses, maquilleuses, productrices de pièces de théâtre, pâtissières, sportives ou même parfois guerrières. Bref, ce village nous formait et nous forgeait dans plusieurs domaines, en cours accélérés.

Et enfin, le sexe opposé nous faisait beaucoup parler. Il mettait nos nerfs et nos émotions à rude épreuve : de la contrariété à la rage. Nous remarquions que les garçons ne fonctionnaient pas comme nous, plus directs dans toutes les situations. D'ailleurs, nous avions constaté que c'était pour cette raison qu'ils étaient plus forts en maths : nous les filles, on réfléchissait trop ! Nos premiers contacts furent difficiles car les garçons prenaient un malin plaisir à être toujours méchants en démolissant par exemple les jolies maisons en bois que nous construisions dans la forêt ou en se moquant de nous. Ils nous tiraient les cheveux et déformaient nos noms. Tout comme ceux de notre école en France, nous les détestions. Au village, il y avait autant de Français que d'Espagnols. Finalement, à force de se voir et pour une courte durée à chaque fois, les choses s'arrangèrent vite. Je me demande encore si ce furent eux qui devinrent un peu moins méchants ou si nous réussîmes, grâce à notre légendaire intelligence féminine (ben quoi ?), à atteindre une certaine résilience. Nous disions plus rarement qu'ils étaient « bêtes » et eux nous traitaient de moins en moins de « nulles ». Nous commençâmes ainsi à jouer ensemble. Cela me plut fortement et même, je m'en sortais mieux que mes « collègues » socialement avec les garçons. Je prenais goût à leurs sottises, à leurs plaisanteries… Ils me faisaient sincèrement rire. Mais j'avais aussi de la répartie face à leurs blagues misogynes et j'avais remarqué que cela ne leur déplaisait pas : à croire que les garçons prennent la vie comme un match. Les Espagnols taclaient quand même pas mal mais on aurait dit qu'ils osaient moins que les Français. Sans doute la barrière de la langue faisait-elle office de barrière anti-méchanceté. Mais celui que je préférais, mon numéro « uno », c'était Luìs. Sa gentillesse et son humour étaient les qualités les plus importantes à mes yeux. Bien sûr, il faisait comme les autres mais ne m'agressait jamais personnellement. Soit il ne disait rien, soit il prenait subtilement le parti des filles en général. Il avait toujours le mot pour nous faire tous rire sans se moquer de qui que ce soit.

Je ne sais pas s'il y a un ordre des choses dans ce monde mais il se passe parfois de drôles de coïncidences. Ce qui se produisit lorsque nous étions tous les deux petits me marqua dans tous les cas à jamais. Nous étions sur l'aire de jeux réservée aux enfants. Au bout d'une énième descente vertigineuse du plus haut des toboggans de toute l'Espagne et de la France, j'étais presque arrivée en bas quand je vis une chose inimaginable. Un garçon passait juste devant moi avec son ballon au bout du pied. Je n'eus pas le temps de crier que je me retrouvai déjà à califourchon avec cet imprudent entre mes jambes. Je ne le vis pas tout de suite car j'avais mes cheveux devant les yeux. Quand je repris mes esprits et dégageai mon visage, il me tendit confus mon serre-tête qu'il avait ramassé sur sa poitrine. Je me souviens l'avoir pris avant de regarder cet idiot rouge de fureur. Quelle idée de passer devant un toboggan sans faire attention ! Cette colère s'alimentait en plus de la honte que j'éprouvais d'avoir mes cuisses entourant sa taille, mais quelle horreur ! Je me retirai le plus vite possible, mais sa petite bouille tendrement timide accompagnant son geste de bonté s'était imprégnée dans ma mémoire. Ce jour-là j'avais connu simultanément deux émotions : une colère évidente se mêlant à une étrange douceur intérieure. Cette douceur latente ressortirait un jour comme certains secrets… Dans tous les cas, j'étais peut-être tombée sur lui mais certainement pas tombée amoureuse de lui… Du moins, pas ce jour-là.

Nous commencions donc, entre nos deux bandes, une fragile cohabitation motivée par la curiosité mutuelle. Nous bravions nos timidités originelles pour des défis audacieux et inconcevables en dehors du village. De joyeuses parties de football ou autres jeux collectifs mixtes furent organisés et nous nous posions souvent pour discuter et rire ensemble. Il n'était nullement question de sentiments, tout était dans l'action et la rigolade.

Malheureusement, Madame l'Adolescence balaya tous nos efforts comme une vilaine vague détruit les châteaux de sable construits si habilement. Elle finit par imposer ses entraves ridicules et cruelles en nous séparant progressivement. Nous les filles, nous devenions de plus en plus belles et cela gênait les garçons qui semblaient, quant à eux, avoir hérité d'un regard pervers sur nous. On aurait dit que les petits anges s'étaient transformés en diables et diablesses.

Cette période fut difficile pour moi qui aimais tellement la compagnie des autres. Je devins malgré tout, moi aussi, diablesse. Je découvris presque subitement que les garçons avaient un corps ! Je ne regardais pas ça avant ! Ils pouvaient avoir de belles mains, de belles lèvres et même, c'est vrai, de belles fesses, bon… En revanche, certains n'étaient pas aidés par la nature ! Des visages se déformaient avec des mentons ou des fronts trop longs ou trop carrés, des yeux trop gros ou des boutons trop rouges ou trop blancs, des nez trop fins ou trop gros ! Bref, pendant que nous les filles voyions notre corps s'embellir, en général, les garçons se transformaient souvent en monstres… Mais « souvent » ne veut pas dire tous. Car si certains pouvaient carrément me répulser, d'autres au contraire pouvaient m'attirer. Luìs, par exemple, embellissait d'année en année. Il grandissait en se musclant et les traits de son visage au teint hâlé s'affinaient délicatement. À sa beauté intérieure s'ajoutait donc sa beauté extérieure. Et mon tourment, c'est que j'avais toujours son doux regard enfantin s'imposant à mon esprit. Il me semblait que nous n'avions jamais cessé de nous regarder depuis ce jour, et c'était comme un pacte. Je ressentais dans ses yeux noirs une alliance secrète. Quelquefois, au détour d'une rue ou au coin d'une autre, ceux-ci se plongeaient intensément dans les miens et nous partagions des moments troublants d'intimité.

À chaque retour d'Espagne, c'était son image que j'emportais avec moi comme souvenir, actualisée (en mieux) d'été en été. Ses yeux restaient gravés comme un tatouage dans mon cerveau. Avant de m'endormir, je pensais à nous deux. Mais je ne ressassais pas les événements du passé, je pensais au futur. Je songeais, de jour comme de nuit, à sa proximité, à ses baisers et à un amour réciproque. Je nous imaginais heureux en couple. Je nous visualisais clairement dans une belle maison comme dans les films, à rire et à nous aimer au quotidien. Ces pensées coloraient la grisaille de certains jours. Notre bonne entente m'encourageait à croire que cela n'était pas chimérique. Mais comme je n'avais pas de nouvelles de lui, cela ne durait que quelques mois, et puis la routine quotidienne prenait le dessus sur ces rêveries.

Avec les filles, ces étés d'« âge ingrat », comme disait ma mère, furent marqués par de longues conversations, des questionnements, des besoins d'être rassurées et conseillées. Nous apprenions à nous connaître autrement que par le jeu. Nous échangions sur nos vies « en vrai ». Léa entamait des études d'esthétique et nous vantait ses tutos de maquillage publiés sur internet sans jamais en être satisfaite. Inès se voyait bien entrer dans la police et se faire respecter en uniforme. Laura se lançait dans des études de langues étrangères pour revêtir, quant à elle, le costume d'hôtesse de l'air. Mélissa était attirée, elle aussi, par l'aéronautique mais davantage pour le côté « contrôle qualité ». Elles étaient ambitieuses et leurs inquiétudes étaient moins importantes que les miennes. Car en réalité, je n'avais pas du tout d'idée sur mon avenir et cela commençait à me préoccuper sérieusement. A réalité, je ne pensais qu'à m'amuser et j'en avais presque honte parfois. Il m'arrivait même d'envier les garçons qui se prenaient apparemment moins au sérieux. Le pire, c'était quand on me posait des questions du genre « Qu'est-ce que tu veux faire plus tard ? », « Tu te diriges vers quel cursus ? » Grrrrr ! Je restais vague. J'attendais le « déclic » comme on dit mais il ne venait pas vite…

Et donc voilà, lentement, nous entrions dans cette enceinte de condensé de vies. Les deux véhicules cheminèrent jusqu'à emprunter la zone des vieux pavés. La chaussée cahoteuse présageait l'arrivée imminente au cœur du village et je me réjouissais. À notre gauche, sur une petite colline, des escaliers menaient au parvis de la majestueuse église avec son clocher rectangulaire dominant. À notre droite, une petite place offrait l'hospitalité aux plus anciens et aux plus jeunes avec leurs mamans attentives. Mon père prit la petite rue à droite pour atteindre une autre place sur laquelle trônait une fontaine représentant une fille qui danse et autour de laquelle les badauds, nobles hôtes de ces lieux, aimaient à se regrouper. Ceux-ci étaient là, s'attardant à regarder attentivement à l'intérieur de nos voitures pour savoir QUI arrivait. On devinait leurs petits commérages : « C'est la fille de truc », « C'est le cousin de machin » ou « Ce sont les nouveaux qui ont acheté l'année dernière », mais aussi « C'est qui eux ? Tu les connais toi ? » Cependant, je trouvai qu'il y avait quand même plus de monde que d'habitude. Le voisin d'en bas avec sa petite fille nous salua de la main, la grand-mère d'Alexandre portant un panier fit un signe de la tête, Juan et Maria, un couple très gentil, nous sourirent. Ma tante Silvia et mon oncle Alfredo crièrent un « holà ». Plus loin, il y avait aussi la vieille Alberta baissant la tête et paraissant pressée ; elle me faisait toujours un peu peur avec son look de sorcière. Arrivait aussi, avec son large sourire, Fernando, un vieux cousin que j'aimais bien. Des familles entières longeaient les murs pour nous laisser passer. En plus, tous étaient particulièrement bien habillés. Je n'avais pas l'habitude de les voir comme ça. Le village s'était-il embourgeoisé ? J'étais au nouveau Saint-Tropez ? Les hommes âgés avaient troqué leurs « *camisetas sin mangas* » (t-shirts sans manches) et leurs vieux shorts contre des chemises et bermudas impeccables. Les dames étaient maquillées et les jeunes femmes portaient de belles robes à la place de leurs tenues « cool ».

C'est alors que mon père tapa sur son volant et nous fit sursauter ; il scanda soudainement au talkie-walkie :

— Oh anqui ! Ça daille, j'ai gavé la quinte ! (Oh, zut ! C'est embêtant, je suis dégoûté !)

Hé oui, mon père parle couramment le bordeluche et il en abuse souvent !

— Le-sa-me-di-c'est… -ta-passs !

Effectivement, en période estivale et le samedi en particulier, les bars et restaurants du village proposaient des menus tapas et bien sûr c'était le rendez-vous incontournable de tous les villageois. Un jour de « fiesta » donc. Personne n'y avait pensé. Et voilà que nous débarquions pile aujourd'hui et de surcroît à l'heure où tout le monde passait dans notre rue pour se rendre sur la grande place. Il n'y a pas plus discret comme arrivée ? J'ai horreur de ça, me faire remarquer ! Et en plus, il faudra attendre le samedi suivant pour en profiter !

Les véhicules arrêtèrent leurs moteurs devant la maison. Sortant de nos habitacles silencieux et climatisés, nous nous retrouvâmes d'un seul coup happés par la chaleur et l'ambiance turbulente. Les cris des enfants, les éclats de rire, la musique forte, les claquements de talons et autres bruits du village s'imposaient à nous comme une cadence à suivre, une musique irrésistiblement entraînante. Je regardai la maison fermée en pensant que dans une minute, elle allait s'animer comme toutes les autres et que nous allions entrer dans la danse.

En sortant mon énorme valise du coffre, j'aperçus certains de mes amis qui accouraient vers moi tout en m'appelant et en m'invitant déjà à les suivre. Alors, je me dépêchai de monter mes affaires dans la chambre et d'aider ma mère pour vite les rejoindre.

On s'éloigna juste un peu de la maison, à l'angle de la rue. On s'observa mutuellement, ne sachant par quel sujet commencer tellement on avait de choses à raconter. Ils me disaient que j'avais minci et grandi. Laura vantait mes maaagnifiques cheveux longs et bla bla bla… Certes, il ne faisait aucun doute que nous avions tous embelli en disant adieu à l'adolescence. Inès me faisait une rude concurrence avec ses très belles formes féminines. Les visages de Laura, Mateo et Pablo, autrefois agrémentés de petits confettis roses, s'étaient épurés. Heureusement que cette dermatose m'avait épargnée car pour une fille c'est quand même râlant. Quand on y pense, d'un côté, c'est dommage de gâcher ainsi la jeunesse des visages des adolescents mais d'un autre côté, c'est drôle de voir comment l'acné se joue de calmer sans pitié le narcissisme de certains jeunes insolents au moment même où ils commencent justement à prendre conscience de leur belle métamorphose et de leur potentiel de séduction.

Cette année, j'étais la dernière arrivante du groupe et tout le monde m'attendait. On se donna rendez-vous pour l'après-midi.

Yo te miro, se me corta la respiracíon
(Je te regarde, j'en ai le souffle coupé)
Cuando tu me miras, se me sube el corazón
(Quand tu me regardes, mon cœur fait un bond)
Y en silencio tu mirada dice mil palabras
(Et en silence, ton regard dit mille mots)
La noche en la que te suplico que no salga el sol
(La nuit pendant laquelle je te prie que le soleil ne se lève pas)
Bailando, bailando, bailando, bailando
(En dansant, en dansant, en dansant)

« BAILANDO », CHANSON PAR ENRIQUE IGLESIAS

A la fin d'un petit repas froid, nous prîmes chacun nos repères. Charlotte et ma mère s'affairaient à nettoyer la maison et à tout installer. Les hommes s'étaient mis en mode dépanneurs : ma mère s'était aperçue que le lave-linge était en panne. Avec Hugo, nous avions la mission primordiale de montrer à Yann et Lucas les endroits incontournables et stratégiques du village, et surtout de leur présenter nos potes d'ici.

Dans la cour de l'école (eh oui, ouverte au public !) il y avait des groupes de tous les âges et, comme toujours, des nouveaux visages. J'aperçus des garçons de mon âge avec tous ceux que je connaissais. La vue de Luìs créa une bombe en moi mais j'essayai de ne pas laisser transparaître cette joie incommensurable. Comme ils me l'avaient demandé, je pris mon courage à deux mains pour aller présenter Yann et Lucas. Depuis l'année dernière, on se faisait la bise. Ça faisait drôle de voir Antonio, Thomas, Diego, Alexandre et Luìs devenir un peu plus adultes. Ils me regardèrent tous en pensant, j'en suis sûre, la même chose. Mais le regard que m'envoya Luìs était diamétralement (comme disait une de mes profs de maths) différent de celui des autres. Comment l'expliquer ? J'eus l'impression qu'il transperçait mes yeux pour me transmettre un message. Notre bise fut pourtant très abrégée, sans doute tous les deux submergés par une trop grande et vive émotion. Ma voix tremblait pendant que je faisais les présentations et Luìs regardait le sol. En les quittant, je vis Mélissa et Léa qui me faisaient signe au loin, je les rejoignis en passant voir mes cousins au passage, Rafaël et Julien. Mélissa n'avait pas trop changé mais le maquillage de Léa la vieillissait vraiment comme une femme.

Les garçons débutèrent une partie de football. C'est un réflexe typiquement masculin d'être persuadés que le sport collectif est le meilleur moyen de faire connaissance. Quant à nous les filles, le récit de nos différentes histoires nous occupa le temps de leur partie. Elles me firent d'abord un compte-rendu de leurs précédentes journées passées ici. Elles me rapportèrent notamment la présence d'un groupe de filles catalanes de la famille de Diego. En tordant le nez, elles m'expliquèrent qu'elles ne voulaient pas leur parler, non pas à cause de la barrière de la langue mais en raison de leur vulgarité. Léa fut très claire : « Tu vois, elles sont du style maquillées et sexy comme des bombas latinas… » Inès fut moins glamour en les qualifiant carrément de « pétasses ».

Pendant qu'elles dénigraient les nouvelles arrivantes, mon regard s'attardait sur un groupe de petites filles qui jouait sur la place. Des pitchounettes qui criaient, riaient et couraient dans tous les sens. Leurs jeux me ramenaient quelques années en arrière. Je me revoyais à leur âge et cela me faisait sourire. Lola, la sœur de Laura, remarqua que je les observais alors elle vint nous supplier de jouer à « chat » avec elles. Une vieille habitude que nous avions oubliée… Mais pas elles, visiblement. Bon, on s'est dit que ce serait la dernière fois que nous nous amuserions avec elles. Mais finalement, j'avoue que, même si c'était pour la dernière fois, on a bien rigolé ! Ces petites nous avaient offert une parenthèse d'insouciance bien agréable.

Le temps passa ensuite très vite. On se posa pour débattre de sujets importants pour nous tels que la mode, le maquillage, les bijoux, les coiffures, la musique, etc. À un moment, nous vîmes nos parents arriver pour nous signaler qu'ils allaient boire un pot, « Oui, oui, faites ! » À un autre moment, nous reçûmes un coup de fil pour nous signaler qu'il fallait rentrer dîner : « Oui, oui, faites ! Ah non mince, on a faim nous aussi, on arrive ! » Le temps passe trop vite ici. Oui bon, il était quand même vingt heures trente… En tous cas, je savais qu'on allait ensuite se retrouver dans la soirée en même temps que les adultes rejoindraient eux-mêmes leurs amis sur les terrasses des cafés.

C'est sur cette place centrale que presque tout se passait. Par sa position surélevée, les automobiles n'y avaient pas accès. La plupart des cafés et restaurants se concentraient ici et leurs tables envahissaient la moitié de l'espace. Dans un coin, une petite fontaine bordée de bancs et d'arbres permettait aux anciens de rester tranquillement au frais pendant des heures. Dans un autre coin, l'ambiance était radicalement opposée à celle du jardin d'enfants. C'était la pièce de vie de notre grande maison de vacances. otre « On pourrait dire notre « agora » où régnait la joie procurée par les belles rencontres, les amitiés et aussi les amours.

Ce soir-là, un groupe de musiciens s'était installé sur un côté pour arroser de musique toute cette place. Estrade, son et lumière, tout y était ! Ils jouaient des chansons espagnoles des années 1960 et 1970. Je ne les connaissais pas mais quelques airs ne m'étaient pourtant pas inconnus. Ma mère m'apprit que les chansons étaient reprises de génération en génération. C'était amusant. J'étais passée avec mes amies, et pendant que les adultes sirotaient des Mojitos, nous apprécions le fameux jus de raisin appelé « Mosto ». Une musique rythmée se jouait et les gens commençaient à taper dans leurs mains et à se lever pour aller danser et se réunir dans la bonne humeur. La place devenait très bruyante et j'adorais voir toutes ces personnes souriant, chantant, criant et bougeant n'importe comment en oubliant leurs soucis du quotidien. Les personnes âgées, restées assises, regardaient d'un œil amusé et nostalgique ce spectacle, conscientes qu'elles ne pouvaient malheureusement plus participer. Les jeunes, eux, se mettaient à l'écart. On a une période timide à cet âge. On trouve nos « vieux » un peu « nuls ». Mais nous, cette année, avec les filles, on avait envie de danser et cela nous faisait un peu rager de voir les garçons immobiles. On les regardait du coin de l'œil. On trouvait qu'ils avaient sérieusement (cette fois-ci) gagné en maturité. Ils nous apparaissaient plus intelligents et plus beaux. Mes amies établirent même un palmarès des « beaux gosses ». Sur la première marche du podium, elles placèrent « mon » Luìs puis Alexandre et Yann suivis d'Antonio, Mateo, et Thomas. Quant à moi, je ne me prononçai pas et elles ne le remarquèrent pas, ouf !

Personnellement, je n'étais pas dans leur délire. J'essayais d'attraper au vol un regard de Luìs. Quand cela arrivait, mon cœur sursautait, c'était à la fois douloureux et délicieux. J'aimais à croire qu'il partageait mes douces pensées.

La soirée nous sembla très courte, surtout à moi, pourtant, quand ma mère m'appela, mon portable affichait quatre heures du matin. Ils sont fous ces parents ! En même temps, le village ne s'était pas totalement vidé et apaisé pour autant. L'air était encore chaud et les gens traînaient des pieds pour retarder l'heure de s'enfermer dans les chambres étouffantes de chaleur. Sur le chemin du retour, nous croisions des jeunes gens fumant, buvant et riant. Étonnamment, nous rencontrions également des personnes âgées qui nous saluaient avec complaisance sans avoir l'air fatigué. On dit que les anciens se couchent en même temps que les poules mais ce doit être valable uniquement en France ! Le Français suit le rythme du coq français, l'Espagnol doit suivre celui du taureau qui lui, dort peu… Et moi, j'ai le sommeil de la marmotte, je ne suis pas originaire des montagnes mais je m'y sens bien. Bon, faut que j'arrête avec mes réflexions « à deux balles » comme dit ma mère !

Je me couchai heureuse de cette journée de retrouvailles et les jours à venir m'apparaissaient encore meilleurs. Une chose était sûre, cette fois-ci, je ne voulais plus repartir en France le cœur déchiré par le sentiment d'un acte manqué.

J'étais prête à aborder Luìs, coûte que coûte.

- 6 -

$\mathcal{L}$e lendemain, j'avais prévu de dormir toute la matinée à cause de l'heure tardive du coucher. C'était sans compter sur le fait que les mêmes anciens rencontrés la veille, qui s'étaient couchés tard, se levèrent aussi très tôt et en plus en grande forme ! Ils ne perdaient pas de temps eux ! Des voix s'amplifiaient dans ma tête comme dans une caisse de résonance. Mais que se passait-il enfin ? Une manifestation ? Des engueulades ? Une scène de ménage ? Ah ben non, en jetant un coup d'œil, j'aperçus que c'était juste Manuel qui discutait normalement avec Marta et Emilia sous nos fenêtres! Cette fois-ci, je les comparai à des canards après l'intrusion d'un animal sauvage dans leur enclos : ça cancanait, ça cancanait ! Mais c'était pas du french cancan ! Ha, ha, ha ! Moi, je comprenais ce qu'ils disaient mais malgré ça, j'avoue qu'ils augmentaient le volume d'une façon particulière. En fait, c'étaient des personnes libres. Certains diraient qu'ils étaient irrespectueux, mais leur génération était comme ça. Ils faisaient et font toujours ce qu'ils veulent et les plus gênés s'en vont, c'est tout ! Et il ne faut pas croire que c'est propre à la population espagnole. Ouais, sauf que ce matin-là, à neuf heures, ça piquait un peu. Les voix résonnaient et traversaient ma couette que j'avais mise sur mon oreille et en plus… ça n'en finissait pas !

J'avais dû me rendormir car, à onze heures, c'est le téléphone de ma mère qui me réveilla en faisant entendre son harmonieuse musique criarde ! Je compris que c'était Rosita à l'autre bout du fil. Elle avait apparemment pris son billet de train pour le lendemain et tout allait bien. J'étais contente qu'elle nous rejoigne, elle adorait le village elle aussi, et puis, on allait bien s'amuser ensemble !

C'était une maison de joyeux lurons. Tout se passait dans la décontraction et la rigolade. Ma mère et Charlotte faisaient régner la bonne humeur à longueur de journée et leur joie de vivre était communicative : elles chantaient à tue-tête, faisaient des imitations, des jeux de mots et, inconsciemment, bafouillaient ou laissaient échapper des mots inappropriés. Les journées étaient donc rythmées par le rire, mélodieux ou cacophonique mais toujours agréable. Et quand Christophe déployait, comme un paon fait la roue avec ses plumes, son rire tonitruant, c'était le summum. On rit parfois de voir les autres rire, c'est nerveux et c'est curieusement contagieux. C'est un phénomène singulier quand on y pense, le fou rire. En dehors du fait que la blague soit bonne, le fou rire qu'elle provoque est parfois disproportionné. En plus, on ne sait jamais s'il se déclenchera… J'imagine bien qu'il doit représenter par exemple une angoisse pour certains présentateurs de télévision face à ce grand moment de solitude si difficilement gérable. C'est même contradictoire, car le rieur semble ressentir à la fois un immense plaisir et une éprouvante souffrance parce que le fou rire aime s'installer dans les moments ou les endroits inopportuns.

J'ai notamment en tête le souvenir, il y a deux ans environ, d'une scène surréaliste. Nous étions avec ma famille debout

50

dans une église à l'occasion d'une célébration religieuse pour un oncle décédé. Je l'avais à peine connu mais j'avais voulu y assister (peut-être par curiosité). Il n'y avait pas beaucoup de personnes regroupées de chaque côté du cercueil et le vieux prêtre célébrait pieusement les obsèques dans un quasi-silence. Je me souviens qu'il racontait l'histoire de la mort du Christ et je trouvais que c'était une belle histoire. Mais la chose impensable se fit entendre d'une manière claire et nette : le bruit sec d'une flatulence. Je n'ai jamais su, finalement, ce qui était à l'origine de ce bruit. Je demeurai tout d'abord dubitative quant à l'authenticité de l'évènement et je me dis qu'on allait en rester là, vu les circonstances. Cependant, j'entendis glousser. Mon père étouffait ses rires aigus dans son poing et ma mère, qui avait plaqué sa main sur sa bouche, pouffait également avec des yeux larmoyants. Les gens devant moi, au visage rougi de honte, se retournaient pour ne pas être vus du curé qui lui, continuait calmement sa messe. Il disait : « Le Seigneur nous regarde, toi et moi etc. » ; je ne sais pas si cette phrase était prévue dans son sermon à ce moment-là mais c'était d'autant plus gênant. Les adultes veulent sans cesse nous transmettre des valeurs telle que la responsabilité ou le respect mais je me demande si eux-mêmes parviennent à les appliquer !

Bref, ce dimanche avait été déclarée comme « journée de repos ». Mes amies étaient toutes parties en balade avec leur famille. Je ne savais pas trop quoi faire et le bouquin que m'avait prêté Chloé ne m'attirait pas du tout. Les garçons s'étaient installés à la console mais je manquais de motivation pour les anéantir comme des mouches… Je décidai d'aller marcher un peu au hasard et me dirigeai machinalement vers la grande place. Dans les rues, j'échangeai des « ¡ *Holà* ! » par-ci, des « ¡ *Buenas* ! » par-là, un petit papotage au passage avec une cousine et reçu des nouvelles d'un autre cousin, bref rien de passionnant à me mettre sous la dent. Mais, une fois arrivée sur la place, j'aperçus Antonio, Mateo et Pablo. Je me dis que décidément, je n'avais pas de chance : Luìs n'était pas là. Ils avaient leur serviette de bain posée sur l'épaule et me proposèrent de les accompagner à la piscine municipale. Une idée excellente car il faisait vraiment très chaud, sans compter que cela me donnerait l'occasion de me défouler. Je courus à la maison pour récupérer mon sac de plage et les rejoignis. C'était drôle d'être avec ces garçons que j'évitais il n'y avait pas si longtemps. Maintenant, on s'appréciait et on entretenait des conversations ordinaires ensemble, sans a priori. Néanmoins, même de notre âge, les garçons étaient beaucoup plus enfantins que nous les filles et de ce fait, il faut bien l'avouer, beaucoup plus drôles ! C'est pour cette raison que cet après-midi-là, je passai trois heures complètement débridées ! Les jeux, les concours, les défis s'enchaînèrent ! Une récréation qui me fit un bien fou. En parallèle, j'essayai d'obtenir discrètement des informations sur leur pote Luìs.

— Alors, est-ce qu'il y en a un de la bande qui s'est fait une petite amie dans l'année ?

— Je ne pense pas pour les autres, mais moi je suis toujours célibataire et compte bien le rester encore, histoire de profiter un peu, tu vois ?

Pablo se redressa et fixa d'un regard charmeur des filles qui passaient en maillot de bain devant nous.

— Oui, je vois, je vois…

— D'ailleurs, tu les connais ces filles ? Elles sont catalanes et si tu pouvais me brancher…

— Ben non, désolée mon pote, va falloir que tu te dépatouilles tout seul ou que tu demandes à Luìs peut-être, sa grand-mère est catalane, il le parle un peu je crois !

— Ah bon ? Tu en sais des choses sur lui, dis donc ! Avec ça, il nous parle quelquefois de toi lui aussi ! Hum, hum…

Il ajouta d'autres paroles en espagnol que je ne traduirai pas. Le genre de gentilles moqueries envers un ami que l'on soupçonne d'être amoureux.

Je m'étais fait griller mais tant pis, le jeu en valait la chandelle : j'avais appris qu'il pensait à moi et j'étais aux anges. Pour éviter qu'ils voient ma gêne, je me levai et allai plonger. En sortant de l'eau, j'aperçus le groupe des Catalanes. Elles étaient six, brunes et de toute beauté, je dois bien l'avouer. Je me disais que leur présence au village cette année n'allait pas passer inaperçue, c'était sûr !

Quand je quittai les garçons, Pablo me lança :

— Dommage que les potes n'étaient pas là ! On s'est bien éclatés, pas vrai ?

— Carrément !

— Faudra qu'on se le refasse ! On se marre bien avec toi, t'es pas comme les autres… Enfin, je veux dire, moins chiante !

Il ne savait pas à quel point je regrettais que Luìs n'eût pas été là, avec nous… Ce moment avait été si privilégié ! À quand remontaient les heures passées avec uniquement des garçons du village ? Il avait raison, on s'était bien amusés sans les autres filles ! Pablo me disait sincèrement qu'il voulait revivre une autre après-midi comme celle-là et c'est sûr qu'on souhaite toujours renouveler des bons moments. Mais cette journée-là n'allait pas se reproduire, j'en étais certaine. Nous étions arrivés à la frontière entre l'adolescence et l'âge adulte et tout allait changer maintenant. Ils m'avaient appréciée car c'était vrai que je me sentais un peu différente des autres. Je n'étais pas un garçon manqué pour autant, mais je me sentais bien en compagnie de gens tout simplement entiers et surtout sans équivoque. En plus, ils parlaient tous en espagnol et cela me plaisait bien. Et puis, énorme cerise sur le gâteau, je finissais sur une note heureuse grâce à l'information précieuse qu'ils m'avaient divulguée. Merci les gars !

Le soir quand on se retrouva sur la place, mes copains de piscine me saluèrent, de loin. Leur bande était cette fois-ci au complet et leurs grands rires résonnaient. Ils écoutaient tous Pablo qui faisait le clown et ils riaient bruyamment. Avec les filles, on s'assit sur un muret sur lequel un chat noir était tranquillement installé. Je ne suis pas superstitieuse mais quand Inès chassa le félin, je ne sais pas pourquoi, je me dis que ce n'était pas bon signe.

— Il voit pas qu'on veut s'asseoir ce chat ? Vous savez ce que je pense : les chats, ils en ont rien à foutre de nous, ils sont juste intéressés par la bouffe qu'on leur donne.

Pour ma part, je n'étais pas du tout d'accord avec elle mais je préférai ne rien dire. Personne d'autre ne répondit d'ailleurs. Peut-être fatiguées de redresser un mur qui s'obstinait à rester de travers. Et donc, l'ambiance était beaucoup moins rigolote de notre côté, même assez froide. Pourtant moi, j'avais envie de gaieté, c'est ma nature. Je crus en apporter un peu en leur racontant ma journée avec les garçons. Mais je voyais que plus je parlais et plus les filles me regardaient d'un air bizarre, comme si je m'étais convertie à une autre religion. Quand je finis mon petit récit sur une note enjouée, j'eus l'impression d'avoir terminé ma course toute seule… mais perdante. Mélissa me confirma mon moment de solitude :

— C'est une blague ou quoi ? Comment ça se passe, comment tu fais pour les supporter ces nases ?

Et Léa gifla mon autre joue avec son air narquois :

— Hum, hum, c'est lequel qui t'intéresse le plus, en fait ?

Même si elle était évidemment à côté de la plaque, cette réflexion me blessa.

Et quand je répondis naturellement : « Mais, aucun d'entre eux ! », Laura ajouta : « Ben, aller toute seule à la piscine avec des garçons… C'est chelou, je trouve. »

Elles fronçaient toutes les sourcils et faisaient la moue comme quand on juge les filles de mauvais genre. Cette alliance réfractaire et moqueuse me mettait dans une position de marginale. Il n'y en avait pas une pour rattraper l'autre, elles ne s'arrangeaient pas ! J'avais une envie folle de courir vers les garçons et d'écouter les bêtises de Pablo.

La visite inopinée de la petite cousine d'Inès fit cesser ces sifflements de serpents venimeux. C'était une jolie fillette joviale et dynamique qui faisait rebondir ses bouclettes noires en sautillant sans cesse. Elle était venue nous raconter ce qu'elle avait fait depuis son arrivée au village. Sa petite voix rigolote et ses mimiques étaient trop craquantes ! Cependant, ce ravissant soleil ambulant ne parvenait pas à éblouir son public qui restait froid comme la glace polaire. Inès, ou devrais-je dire l'ânesse, soufflait et il était évident qu'elle cherchait un moyen de se débarrasser de ce qu'elle considérait comme un boulet. Ses acolytes souriaient de travers en se moquant exagérément comme de vieilles sorcières.

Si j'écrivais un roman, j'utiliserais l'expression trop moche mais affectionnée par ma prof de français : elles avaient « un rictus sardonique ». J'étais la seule qui m'appliquais à écouter vraiment la jolie petite fille et ces pestes me faisaient honte. Elles m'horripilaient. J'avais envie de prendre par la main cette brunette et de fuir ces grandes girafes qui ne savaient pas regarder vers le bas.

- 7 -

$\mathcal{L}$e matin suivant, « rebelote » ou, comme mon prof de latin disait, « bis repetita » car l'épisode du réveil par les pipelettes du coin et par Rosita au téléphone se renouvela… Mais cette fois-ci, la voix de ma mère montait davantage dans les aigus car ses phrases se résumaient à des interrogations :

— *Hola, buenas, Rosita ¿ Qué ? ¿ Qué quieres décir ? … y ahora ¿ Dónde estás ? … SÍ, pero ¿ Por qué ? … Así ¿ qué vas a hacer ? Cómo ? Mañana ?* (Bonjour Rosita, que veux-tu dire, et maintenant où es-tu ? Pourquoi ? Et alors, que vas-tu faire ? Comment ? Demain ?)

L'inquiétude m'incita à me lever car je comprenais qu'il y avait un problème. Du couloir, je voyais ma mère assise sur son lit, bouger la tête de gauche à droite et mettre la main sur sa bouche, ce qui se traduisait par : « Ce n'est pas possible ! »

Elle donnait des conseils à Rosita et la rassurait. Puis elle raccrocha en lui demandant de rappeler le soir. Elle m'expliqua que Rosita avait raté sa correspondance à Irun. Cette ligne étant peu fréquentée, son prochain train n'était que… le lendemain matin. Ben voyons ! Pauvre petite Rosita, toute seule dans cette ville où elle ne connaissait personne et devait trouver un endroit pour passer la nuit ! Elle me faisait de la peine.

Mais le soir, quand elle nous rappela, elle semblait avoir bien digéré l'incident. Elle nous disait avoir passé la journée à se balader, faire les magasins de souvenirs, et avait trouvé une bonne chambre d'hôtel. J'étais un peu tranquillisée. Ce qui permit aux hommes de plaisanter à propos de cette mésaventure. Ils avaient, de leur côté, réussi à réparer le lave-linge donc tout allait bien.

« Sacrée Rosita ! » C'est ce qu'on dit souvent quand on parle de ma tante. Femme célibataire et indépendante, elle a un caractère bien trempé mais un grand cœur. Très aimable, très serviable et généreuse, pragmatique, rarement dans la contradiction, elle sait quand même s'affirmer et défendre les causes qui lui sont chères. Cependant, d'apparence sérieuse, elle a le pouvoir de surprendre son entourage par son humour spontané. J'ai beaucoup de chance de l'avoir car on s'entend bien toutes les deux, elle est comme ma propre sœur.

À cause de la chaleur, nous avions décidé de passer la journée à la « piscina natural ». Il y a plusieurs piscines naturelles au village et dans beaucoup de villages espagnols d'ailleurs. Ce sont des retenues d'eau venant des montagnes. Même si ce ne sont pas des points d'eau homologués, l'eau y est vraiment limpide et évidemment très fraîche. Le problème, c'est que souvent, la température de l'air étant très élevée, l'eau paraît encore plus froide. Mais c'est appréciable tout de même. Il n'est pas rare de trouver aux abords de ces piscines des cafés, snacks, restaurants et aires de repos avec barbecues en pierre. Mais tout cela à l'échelle d'un petit village et donc loin de la foule des grandes villes. Nous y passions des journées conviviales et reposantes. Cette journée-là était caniculaire et se trouver à l'ombre des nombreux arbres, à manger des viandes cuites au feu de bois, à écouter de la musique et faire trempette était juste paradisiaque. Les hommes s'étaient collés à la grillade et nous faisaient des sketches de chefs cuisiniers allumés ! Ils étaient trop drôles avec leurs tabliers fleuris pour femmes ! Avec les garçons, nous prîmes plusieurs bains mais de courte durée car l'eau était vraiment glacée !

Après avoir aperçu mes amies qui étaient aussi ici avec leurs familles, je les rejoignis. L'excitation qui les animait leur faisait oublier leur amertume précédente envers moi. Elles me parlèrent de cabanes qu'elles avaient découvertes plus haut dans les bois. Je demandai à mes parents l'autorisation de les suivre et nous voilà parties en cavale !

Ces trois cabanes se trouvaient dans une clairière bien dégagée. De leur fabrication perfectionnée, nous déduisîmes que la main de l'adulte s'en était chargée. Elles étaient tout de même très simplistes mais solides et toutes différentes. Après les avoir bien examinées, nous décidâmes d'y retourner un autre jour avec des jeux et des goûters et d'y passer du temps. Comme il y en avait trois, Mélissa les appela « les cabanes des trois petits cochons ». Si elle voulait, pourvu que les loups ne rappliquent pas.

Nous allions redescendre à la piscine quand nous entendîmes, au loin, des cris. Au début, c'était étrange, on aurait dit des pleurs de bébé puis on comprit vite qu'il s'agissait de chats. Cela ne dura pas longtemps mais nous eûmes le temps de localiser leur provenance. Et la curiosité nous poussa à nous mettre à leur recherche. La pente était raide à travers les bois mais, une fois arrivées au sommet, nous aperçûmes en contrebas comme un petit château délabré en pierre avec un grand parc en friche devant ainsi qu'un bois de pins et autres arbres par derrière.

— Vous aviez déjà vu ce château avant, vous ? Vous pensez que les miaulements venaient de là ? s'étonna Laura.

— Ben oui, y'a pas d'autre maison aux alentours… Ils doivent sortir de là, obligé ! fit remarquer Mélissa.

Je réfléchis à voix haute :

— Oui, des meutes de chats ça n'existe pas. Ils doivent loger dans cette maison et les miaulements ne venaient pas d'ici, les chats n'étaient pas parmi nous… Hé les filles ! Les chats n'étaient pas par minou !

Je m'amusais de mon jeu de mots improvisé mais les visages en face de moi ne semblaient pas avoir percuté… Je répétai ce que je trouvais rigolo mais j'eus l'impression qu'on me renvoyait un ballon dégonflé. Pas grave.

Soudain, nous vîmes un chat noir sortir de derrière la maison. Il leva furtivement la tête vers nous et, en nous voyant, changea de direction.

Léa s'exclama « C'est un truc de ouf ! » et continua, surexcitée : « Un château abandonné qui abrite des chats ! Il faut qu'on aille voir ! » Cependant, nous fûmes stoppées dans notre élan par la sonnerie du téléphone de Mélissa : ses parents lui demandaient de rentrer car ils revenaient au village.

C'est alors que, déçues, nous tournâmes les talons. Mais nous nous promîmes d'y retourner, persuadées que nous allions bientôt connaître la plus palpitante des aventures à la découverte du château aux chats. Ce qui semblait nous motiver, c'était plus l'exaltation de l'inconnu que le château ou les chats eux-mêmes ! On a tendance à tout exagérer quand on ne sait pas où on va ! En bien ou en mal d'ailleurs ! Cette perspective d'aventure nous faisait retourner en enfance. L'enfance remplie d'imagination qui permet de se mettre dans la peau d'un pirate chercheur de trésors ! Nous avions repéré l'endroit exact sur la carte, il fallait juste réfléchir à un plan d'action… Les filles étaient un peu trop extravagantes selon moi, mais la curiosité et le suspense stimulaient mon enthousiasme.

- 8 -

*R*osita sortit de la voiture de mon oncle qui était allé la récupérer à la gare. Elle était très chargée et avait l'oreille collée à son téléphone. Nous la vîmes arriver en haut de la rue et nous partîmes à sa rencontre quand, en une seconde, elle se prit le pied dans un pavé et tomba sur son gros sac de voyage ! Rien de grave apparemment car elle se releva aussitôt en ramassant ses affaires et son téléphone, mais la chute avait été tellement drôle que ma mère et moi étions hilares. Cette agitation avait attiré autour de Rosita quelques personnes qui s'arrêtaient pour lui taper la causette. Habituellement un peu réservée, on ne la reconnaissait plus au village. Évidemment, étant l'aînée, elle y avait passé plus de temps que ma mère. Elle connaissait beaucoup de monde et leur parlait avec un accent bien prononcé qui faisait souvent rire mon père. Arrivée à sa hauteur, ma mère prit un de ses cabas, l'embrassa et lui dit :

— Ben alors, Rosita, ça va ? Tu ne t'es pas fait mal ?

— Non, non, c'est juste ma godasse qui s'est prise dans l'pavé, t'inquièèète ! lança-t-elle en continuant sa conversation avec les personnes qu'elle avait croisées et en faisant un signe de la main qui voulait dire : « C'est bon, laissez-moi tranquille ! »

Rosita ne rentra que trente minutes après, juste avant le déjeuner. Elle ne semblait pas avoir été affligée par sa mésaventure. Au contraire, elle était très nerveuse et loquace. Elle disait avoir visité la petite ville et acheté plein de cadeaux pour nous tous. Elle les distribua avec un plaisir d'offrir non dissimulé. Elle avait acheté aux femmes des petits bijoux et aux hommes et enfants des « turrón » et autres gourmandises sucrées. Ainsi généreuse et joyeuse, elle me faisait penser aux lutins du Père Noël.

— Finalement, cette journée est passée hyper vite, je me suis trouvé une belle petite chambre dans un hôtel tenu par des gens vraiment très sympas. Ils m'ont même dit que c'était la ville natale de Luìs Mariano !

Et là, mon père se leva puis, dressant son doigt il lança la vanne :

— Ah ben non ! Tu t'es trompée, c'était pas à Irun ! C'était à… Mexico, Mexiiiiiico !

Christophe, Charlotte et ma mère l'accompagnèrent à tue-tête !

Avant le délire des parents, mon cœur avait fait un bond inattendu dans ma poitrine quand ma tante avait prononcé le prénom « Luìs ». L'image du beau brun aux yeux noirs m'était apparue comme un flash… Ça me faisait peur d'avoir eu une telle réaction.

À midi était prévue au menu l'incontournable paëlla du village. Rosita avait prévenu tout le monde en se mettant à table : « C'est une tuerie ! » Dans l'hypothèse où, en disant ça, elle évoquait le péché mortel de la gourmandise, on allait tous rester sur le carreau ! Mais sans rire, ce plat nous fit passer un très bon moment et haut en couleur. Couleurs sur la table, sur les lèvres, dans nos yeux et dans nos cœurs. Mais aussi dans les paroles des adultes qui, grâce au « Tinto de Verano », éclataient comme un feu d'artifice ! Christophe dit à Rosita : « Rosita, tu, tu, aurais dû dire que cette paëlla était « à tomber par terre », ça aurait expliqué pourquoi tu t'es plantée en arrivant ! » Ils commençaient à dire n'importe quoi et à rire d'un rien. Du coup, nous les jeunes, nous riions de leur état d'exaltation qui s'appelle l'ivresse.

Le repas s'acheva tardivement ce jour-là. Certains partirent à la sieste, Rosita alla faire un tour dehors avec son portable et les garçons et moi prîmes la poudre d'escampette. J'appelai les filles afin de savoir si elles étaient toutes libres pour notre « mission ».

Nous nous donnâmes rendez-vous sur la grande place.

Laura arriva en courant vers nous et en criant, comme une gamine :

— Les filles, j'ai un scoop ! Ma mère m'a dit que le château, c'est celui de la vieille Alberta !

— Noooon, c'est dément ! s'exclama Inès.

— Oui, oui, et il paraît qu'elle vit toute seule avec plein de chats ! Donc voilà, tout s'explique !

— Et du coup, notre mission est annulée ! dis-je d'un ton résolu.

— Ben non ! reprit Léa. Il faut bien qu'on voie ça !

— Ben oui ! renchérit Laura.

Celle-ci continuait à être très nerveuse et Léa ne l'était pas moins. Mélissa, Inès et moi avions souvent un effet anxiolytique sur elles en réagissant de façon plus calme. Nous passâmes dans un sentier dégagé qui nous semblait aboutir à l'arrière de la maison. Nous arrivâmes effectivement dans un petit bois derrière la bâtisse. Les volets étaient fermés et nous nous figeâmes un instant pour écouter mais il n'y avait aucun bruit. Il était pourtant tard pour la sieste… Nous nous demandions ce que pouvait faire cette femme à cette heure-là. Alors, nous nous approchâmes à pas de velours. Et, à peine arrivées à une fenêtre de cave, nous entendîmes des notes de piano percer le silence. Nous nous regardâmes avec surprise. Ces notes paraissaient vraiment sortir d'un piano et non d'un lecteur CD ou autre. C'était une musique harmonieuse mais un peu triste. Je sentais mon cœur battre très fort car nous avions dépassé largement les limites de la propriété et cela me faisait peur de pénétrer ainsi chez une inconnue comme des voleuses. Mon regard monta tout le long du mur en pierre jusqu'à la cheminée de ce château impressionnant. Et puis, Inès me bouscula en voulant atteindre un des barreaux noirs de la fenêtre. J'allais râler de son geste quand je me vis involontairement entraînée avec elle vers le sol. Le coupable semblait surgi de nulle part : un gros chat noir et blanc s'était faufilé maladroitement entre nos jambes à une vitesse inouïe. Notre frayeur suivit la sienne et nous poussâmes ensemble un cri perçant en oubliant notre mode « incognito ». Nous nous regardâmes toutes avec l'impression de voir un gyrophare rouge tourner au-dessus de nos têtes et c'est en un temps record que nous grimpâmes la colline, terrorisées et essoufflées.

Lorsque je fus assise à table pour le dîner, mon esprit se trouvait encore à un mètre de ce mur de pierre. Je me souvenais de l'odeur des pins de ce parc mais surtout de l'odeur de la faute. Cette préoccupation me coupa un peu la faim même si j'adore les pâtes à la bolognaise. J'avais peur que, malgré notre course effrénée, la vieille Alberta nous ait vues monter le sentier comme des malades mentales. Je craignais de la recroiser dans la rue les jours suivants ou qu'elle en parle à mes parents. J'avais un peu honte. Le pire, c'était que mes amies voulaient y retourner et que moi eh bien... j'étais moins enthousiaste... Pas peureuse comme Laura, mais disons que cela ne m'amusait plus trop...

9

L'Amérique, l'Amérique, je veux l'avoir et je l'aurai
L'Amérique, l'Amérique, si c'est un rêve, je le saurai
Tous les sifflets de trains, toutes les sirènes de bateaux
Ont chanté cent fois la chanson de l'Eldorado de l'Amérique.
« L'AMÉRIQUE », CHANSON PAR JOE DASSIN

La nuit fut très longue. La chaleur dans la maison m'avait accablée et dès que je réussissais à m'endormir, je faisais des cauchemars de maison hantée par des chats monstrueux où vivait une horrible sorcière, ou alors je voyais Alberta ouvrir sa porte, un fusil à la main. Le problème c'est qu'en même temps, cette nuit fut très courte car nous nous levâmes très tôt. En effet, c'était la journée prévue pour la visite de Madrid. Nous y étions allés il y a longtemps avec mes parents et je ne m'en souvenais plus trop alors j'étais contente d'y retourner même si cela me privait d'une journée avec mon Luìs. L'avantage c'était que, plongée dans un sommeil réparateur, je ne vis pas la route, ce qui me permit de ne pas ressasser mon sentiment de culpabilité.

En fait, cette journée fut l'occasion de me ressourcer. D'une place à l'autre et d'un monument à un autre, j'étais pleine d'entrain. La place d'Espagne m'avait particulièrement captivée. D'abord par ses statues de l'écrivain Miguel de Cervantes et de ses héros Don Quichotte et Sancho Panza, puis par ses majestueux et anciens gratte-ciel. Ce style de bâtiment m'avait toujours étonnée car totalement différent de celui des autres villes étrangères que j'avais pu voir dans les livres ou à la télévision. J'avais justement étudié le roman Don Quichotte quelques mois auparavant en cours et je me souvenais de l'idée générale que j'en avais retenue : il faut suivre sa « monture ». L'important est de faire ce qui compte vraiment pour nous, sans se préoccuper des autres. J'eus un sourire quand je repensai aux réserves que nous avait faites Mademoiselle Desmathieu, ma prof de français. Elle nous avait dit que, parfois, c'était risqué. Elle avait précisé cela en nous racontant une de ses mésaventures. C'était une vieille dame grincheuse mais attendrissante. Lors de l'anniversaire de sa meilleure amie, elle avait mis toute la journée à confectionner un gâteau « énorme et magnifique », nous avait-elle dit. Elle le portait fièrement et voulait faire un bel effet en pensant arriver par la baie vitrée de la maison, qu'elle croyait évidemment ouverte… Un choc ayant le goût et l'odeur de la chantilly lui avait fait comprendre qu'elle était malheureusement fermée. Cette anecdote lui avait permis de nous faire la leçon : « Quand vous foncez tête baissée dans vos projets, pensez à vérifier que toutes les portes que vous allez passer sont bien ouvertes, au risque de vous casser le nez ! »

Ce jour-là, j'étais d'humeur très joyeuse, je marchais dans les rues en ayant toujours cette conviction que mes prochaines journées allaient compter positivement pour moi, même si je ne savais ni dans quel domaine, ni pour quelle raison. Tout ce que j'entendais et voyais me le confirmait. Et même si je me trompais, garder cet état d'esprit me rendait incroyablement heureuse. Ainsi, debout devant cette statue de Don Quichotte à cheval, j'avais l'impression d'entendre cet hurluberlu me dire à voix basse : « Envers et contre tous, vis tes rêves ! »

Nous marchâmes toute la journée, entrâmes dans quelques magasins, mais ce fut la petite balade en barque au parc du Retiro que je préférai. En revanche, ce ne fut pas le cas de Rosita : elle avait été continuellement en panique car elle ne savait pas nager et avait peur de l'eau. Pour ne rien arranger, Lucas et mon frère l'avaient charriée en faisant tanguer l'embarcation que je partageais avec elle et en lui envoyant de l'eau. Alors, pour en finir, elle avait trouvé une parade. Elle demanda gentiment à descendre en prétextant qu'elle devait téléphoner à notre cousine pour s'assurer qu'elle serait bien chez elle ce soir-là afin que l'on passe la voir. Effectivement, vers dix-huit heures, nous étions invités chez nos cousins madrilènes vraiment adorables. Et comme nous y restâmes pour le dîner, je ne vis pas mes amies ce soir-là. Mais le rendez-vous avait été pris pour le lendemain à l'heure de la sieste. Pour nous, les jeunes, la journée était ponctuée de façon très simple. On comptait quatre heures : l'heure du lever, l'heure du déjeuner, l'heure de la sieste des parents et l'heure du dîner. Ensuite on disait « avant » ou « après » et tout était dit. C'était pas de la précision de Rolex mais ça collait souvent.

Le problème c'était que pendant mon absence, ces chipies s'étaient monté le bourrichon. Durant leur journée, l'imagination s'était développée comme des champignons. Et tout le monde sait qu'il y a des champignons excellents et d'autres très mauvais, même mortels. Impossible de les faire changer d'avis et encore moins possible de ne pas y aller avec elles ! Elles m'avaient attendue ! Non que je ne voulais pas y aller, mais je commençais à prendre du recul et à ne plus me sentir à ma place dans ces aventures que je trouvais maintenant puériles. L'époque des pirates, des Robinson Crusoé et autres héros de notre enfance était révolue dans mon esprit. Tout ça n'était plus passionnant pour moi, j'étais passée à autre chose mais elles voulaient encore profiter de cette période et me dirent qu'elles avaient fait des « suppositions » et s'attendaient à voir des « trucs de ouf » qui alimenteraient leurs conversations. Inès croyait que l'on verrait plein de chats affamés, maigres et malheureux. Léa ne savait pas trop que penser mais elle disait que, vu l'état négligé de l'extérieur, il y avait forcément quelque chose de chelou à l'intérieur. Quant à Mélissa, j'ignorais comment elle pouvait imaginer y découvrir des montagnes de livres dévorés par les insectes. Le pire venait, comme d'habitude, de l'imagination de Laura : elle évoquait des objets de sorcellerie ou alors carrément des fantômes. Bref, elles ne voulaient pas en rester à l'échec de la veille : elles voulaient voir !

10

Oui, je suis la sorcière
J'suis vieille, j'suis moche, j'suis une mégère
Oui, oui, oui, sur mon balai maudit J'aim'bien faire mal aux tout petits
« LA SALSA DU DÉMON », CHANSON PAR LE GRAND ORCHESTRE DU SPLENDID

Collées les unes aux autres, nous étions plantées au sommet de la colline, prêtes à descendre dans le fameux sentier qui mène au château aux chats. Léa prit une grande inspiration et nous dit : « Bon maintenant, enlevez le son de vos téléphones et après on y va. » Nous mîmes cet ordre judicieux à exécution car c'était effectivement une bonne idée pour ne pas se faire griller comme des bleues. Guidée par sa détermination de guerrière, elle passa devant et nous la suivîmes en rang d'oignons, comme on dit… Et tout le monde sait que ça pue les oignons, alors nous faisions très attention à ne pas faire trop de bruit. Nous posions précautionneusement nos pieds sur le sol jonché de feuilles, d'aiguilles et de cônes de pin (en disant ça, je n'entre pas dans la polémique « pomme de pin » selon Inès ou « pigne de pin » selon moi !). Malgré tout, nos pas faisaient un bruit insupportable, ce qui nous incitait à redoubler de légèreté et à ralentir. Laura laissa échapper un « J'ai envie de faire pipi ! » Évidemment, nous nous retenions de rire même si nous aurions voulu lâcher un peu de pression mais, mission oblige, chacune pouffa en quasi-silence. Léa se retourna et s'arrêta pour envoyer un « Chuuut ! » très bruyant pour le coup ! Bien sûr, il ne fallait pas que ça dégénère. Une fois arrivées, le fait de n'entendre aucun bruit et de ne voir aucun chat nous angoissa plus qu'autre chose. On aurait même dit qu'on nous observait.

Léa s'approcha de la fenêtre et prit un bout de bois pour enlever quelques toiles d'araignée qui gênaient. Puis l'obscurité l'obligea à mettre sa tête presque entre deux barreaux pour voir à l'intérieur. Agacées par son silence, nous nous plaquâmes progressivement derrière elle en plissant les yeux pour espérer voir, nous aussi. Notre poids, qui la poussait petit à petit vers l'avant, déclencha chez elle un cri d'énervement : « Ah mais vous m'écrasez ! Dégagez ! » La panique faillit nous envahir avec cette perte de contrôle de Léa. Heureusement, autour de nous, le silence régnait toujours. Alors, nous nous appliquâmes cette fois à ne surtout pas la toucher pour regarder nous aussi à l'intérieur. Nous comprîmes alors pourquoi celle-ci mettait autant de temps à nous décrire ce qu'elle voyait : il fallait que les yeux s'habituent au noir. Et puis, le décor nous apparut.

Il y avait là un beau bazar de planches en tout genre, d'étagères remplies de bidons de peinture, de caisses débordant de chiffons, de cartons déformés par le poids d'outils rouillés, et même un vieux matelas dans un coin… Nous nous reculâmes l'une après l'autre de la fenêtre. Il fallait bien se rendre à l'évidence : même en cherchant la petite bête (sans parler des acariens présents dans le matelas !), nous n'avions rien vu de suspect, rien de douteux, rien à nous mettre sous la dent, rien. Mélissa résuma la situation : « Tout ça pour ça, c'est tout pourri ! » Comme j'étais d'accord avec elle ! Je songeai un instant aux garçons en me disant que leurs jeux, aussi enfantins soient-ils, avaient le mérite d'être honnêtes car là, je n'aimais pas cette curiosité malsaine à épier l'intimité des gens.

Alors, je proposai de faire demi-tour et c'est ce que nous commencions à faire quand une petite musique s'échappant de la maison nous stoppa net et m'interpella personnellement. Nous écoutâmes ces notes parfaitement jouées au piano qu'une voix féminine, à peine audible, accompagnait. Nous nous regardâmes toutes, stupéfaites par cette voix inattendue. Nous avions du mal à imaginer la voix de la vieille dame que nous savions plutôt rauque alors que celle-ci était fluette, jeune et gracieuse. Inès nous murmura : « C'est qui ? » Seules nos épaules se relevèrent en guise de réponse. Et voilà que sa curiosité se voyait encore piquée ! Elle insista : « Venez, on va aller regarder à droite si on peut voir quelque chose. » Nous la suivîmes mais notre déplacement ne servit à rien car la musique cessa. Cela nous incita à décamper de peur d'avoir été repérées.

De retour aux « cabanes des trois petits cochons », nous nous assîmes sur des rondins et les langues retenues jusqu'alors se libérèrent. Pas de chance pour moi : cette intrigue laissait entrevoir de nouvelles péripéties avec les filles. Chacune donnait sa version des faits. Mélissa, assise en tailleur, remonta ses lunettes et plissa un œil à la façon de Sherlock Holmes en disant :
— Bon, réfléchissons, que savons-nous sur la vieille Alberta ?

Laura, très inspirée, répondit aussitôt en faisant de grands gestes extravagants :

— Ah ben, c'est simple, elle habite au village toute l'année, elle s'habille de chiffons qu'elle coud elle-même, elle se lave les cheveux avec de la javel pour les faire blanchir et se peigne avec son balai-brosse ! Ah, et bien sûr : elle passe ses journées à concocter des potions magiques, à brûler des cierges, à jeter des sorts, à parler avec les fantômes et à…

Inès l'interrompit :

— Mais nooon ! Arrête, t'es grave toi ! OK, elle a l'air chelou mais t'as vu sa cave ? Elle est tout à fait normale, non ?

— Ouais, ouais, en fin de compte, nous ne savons pas grand-chose sur elle et c'est pour ça que nous imaginons toutes ces histoires, déduisis-je déconcertée.

Nous restâmes silencieuses, investies par des pensées désordonnées, et Léa nous dit :

— C'est clair, t'as raison, Vic. En fait, on est des commères !

Puis elle continua :

— Bon, ça ne nous dit pas qui est la chanteuse que nous avons entendue ! Enfin moi, ce que je pense, c'est que je la verrais bien changer de voix pour chanter. Certaines personnes ont ce don. Je me souviens d'être allée à un opéra avec mes parents et je vous assure que les voix qu'on entend ne sont pas celles des personnes dans leur vie de tous les jours !

— Ah oui, grave ! acquiesça Mélissa.

Nous secouâmes la tête en signe d'approbation sauf Laura qui leva son index comme à l'école pour dire :

— Attendez, attendez, moi, je crois qu'en vrai, vous flippez toutes mais que vous ne voulez pas le dire : ce château est hanté, un point c'est tout ! Un fantôme se met à jouer du piano et à chanter quand la vieille Alberta s'absente ou quand elle dort peut-être… Et ce fantôme, c'est sûrement sa mère qui était chanteuse. C'est obligé !

Les autres firent une moue en signe de contestation mais… subsistait l'ombre d'un doute que chacune n'osait avouer. Pour mettre un terme à ce flottement, je suggérai que l'on mène une petite enquête discrètement auprès des parents afin de récolter le plus d'informations possible. Je fus convaincante puisque personne n'avait une autre solution.

Nous redescendîmes au village. Une partie de football animée se jouait dans la cour de l'école, Luìs y était et mon cœur s'accéléra quand je le vis. Qu'est-ce que je le trouvais beau ! Nous passâmes à côté et le regard furtif qu'il me lança en pleine action me fit presque mal à la poitrine. Personne ne remarqua cette violente torpille qui me fit l'effet d'un vol direct dans les étoiles.

Au dîner, j'attendis le bon moment pour la petite investigation. Il fallait trouver le ton pour montrer que je n'étais pas préoccupée par la question que j'allais poser. Il fallait se renseigner sans en avoir l'air, donc.

Les adultes racontèrent leur balade de cet après-midi dans le village. On peut dire qu'ils ne s'ennuyaient jamais ceux-là : ils avaient réussi à se perdre entre eux dans le dédale que pouvait représenter par endroits cette petite localité ! Ils cherchaient à comprendre comment cela s'était produit, pourquoi et à cause de qui… Parfois, ils me faisaient penser à des gamins ! Je me demandais ce que ça allait donner quand on serait tous les jours ensemble au Portugal ! Puis ma mère, retrouvant son sérieux, nous donna à Hugo et moi des nouvelles de nos oncles, tantes et voisins qu'ils avaient rencontrés sur leur chemin. L'occasion ne me semblait pas trop mal de me jeter à l'eau.

— Et vous avez vu la vieille Alberta ?

Finalement, je compris par son regard étonné que ma question arrivait un peu comme un cheveu sur la soupe.

— Euh, comment ça ? Pourquoi ? Et puis, Victoria, on ne dit pas « la vieille » quand on parle d'une personne âgée !

Afin de ne pas lâcher le fil, je m'y accrochai en faisant semblant de m'apitoyer sur son sort.

— Heu oui, c'est vrai, en plus elle est toute seule, pauvre et sans famille, c'est ça ? (Fameuse technique du « prêcher le faux pour savoir le vrai » !)

— Non pas tout à fait, ses parents étaient très aisés. Son père était un avocat réputé et sa mère cantatrice à l'opéra. Son frère est parti faire sa vie dans le sud de la France je crois et à la mort de leurs parents, c'est elle qui a hérité du château. Elle n'a jamais eu d'homme dans sa vie à ma connaissance et jamais d'enfant. Elle s'est retranchée dans sa solitude et c'est pour ça qu'elle ne parle pas trop aux autres villageois. Je ne la vois qu'au marché et dans les petits commerces.

— Oui, mais elle a l'air bizarre quand même !

— Eh bien, je pense qu'elle est tout simplement triste d'être seule et se moque de son apparence comme du regard des autres… Et alors elle n'est pas comme les autres, c'est vrai.

— Oui, mais ce n'est pas parce qu'on est différent qu'on est bizarre, n'est-ce pas ? (Je pensais à mon entente avec les garçons)

— Mais c'est ce que je te dis ! C'est même méchant de dire que quelqu'un est bizarre. Tu ne trouves pas ?

— Oui, c'est clair. Et je dirais même plus : je trouve que les gens qui traitent les autres de « bizarres » le sont eux-mêmes… Car c'est vraiment réducteur de ne pas comprendre que l'on puisse penser autrement !

Ouais mais… Je réalisai qu'en disant cela, je m'auto-accusais !

Ma mère s'esclaffa en me disant :

— Ben oui ! Bravo, ma fille, de ta lucidité ! C'est dingue, c'est une conversation bizarre, non ?

Et ce qu'elle ajouta me fit rire encore plus.

— C'est le chat qui se mord la queue !

Dans la biographie que m'avait fournie ma mère, tout collait. Le rappel des chats me fit penser qu'Alberta les avait pour l'accompagner dans sa solitude quotidienne. Après, le piano et la voix en héritage de sa mère… Pourquoi pas ? J'allais pouvoir fermer le dossier de cette histoire qui commençait sérieusement à me gêner. Cette conversation m'avait remis les pieds sur terre.

$\mathcal{L}$e lendemain, nous arrivâmes une à une aux cabanes « des trois petits cochons ». Nos informations se recoupaient et le loup si effrayant semblait perdre en méchanceté. Toutes avaient la même version que celle de ma mère. Pas de rumeurs sur des maltraitances ou des faits paranormaux… À croire que les filles, en général, aiment s'inventer un méchant loup… Est-ce inné ou comme on dit, dû aux histoires qu'on nous raconte dès notre plus jeune âge ? Je les sentais déçues de cette normalité ! Cependant, le mystère de la voix n'était quand même pas résolu. Loup y es-tu ? Il fut décidé d'y retourner dans l'éventualité de l'entendre encore une fois et, pourquoi pas, de l'enregistrer comme le suggérait l'intrépide Inès. Même si cela ne m'emballait pas plus que ça, une nouvelle aventure se préparait. Je les suivis.

À nouveau réunies au sommet de la colline après une rapide ascension, nous réglâmes nos portables et cette fois-ci c'est moi qui pris la tête de la file. J'avais acquis de la confiance. Je me disais : « Plus vite on ira et plus vite j'en serai débarrassée. » La seule peur résidait dans ma réputation : je ne voulais pas qu'on nous surprenne et qu'on me mette dans le même panier car du coup, cela ferait plutôt un panier de crabes !

À mi-chemin, alors que seul le bruit de nos pas dérangeait la nature paisible, un chat gris fit irruption (encore !) de derrière un buisson sur notre gauche et nous fîmes toutes un saut en arrière. Inès dit : « Mais c'est pas vrai, ces chats, y'en a partout ! » Il se retourna vers nous puis nous lança un bref regard et, avec un petit miaulement, il sembla dire : « C'est bon, n'ayez pas peur, je ne suis qu'un chat ! » Heureusement que les chats ne sont pas des gardiens de maison comme les chiens ! Tout au contraire, il repartit tranquillement dans la même direction que nous et se retourna un seconde fois pour nous dire : « Ah, vous me suivez ? Bon, c'est comme vous voulez. »

Une fois au pied du mur, nous nous retrouvâmes un peu hébétées de devoir attendre que « Madame » veuille bien se remettre à jouer. Alors nous décidâmes de nous asseoir sur le sol pour patienter en tapotant sur nos téléphones portables. Mélissa commença à chuchoter en nous racontant les derniers potins de la presse people. L'actualité musicale n'était pas trop riche alors nous nous contentions du récit des vacances des stars. Laura s'émerveillait devant les muscles d'un chanteur pendant que Léa critiquait le maquillage de sa fiancée. Chacune donnait son avis sur l'une ou l'autre. Bref, nous étions là, à occuper notre temps et à commencer à nous détendre quand un bruit nous fit taire d'un seul coup. Je me dis que nous avions été terriblement imprudentes de nous permettre ces papotages, oubliant où nous étions et pourquoi nous y étions. On nous avait sûrement entendues et on peut dire qu'au « pied du mur », nous l'étions. Et plus seulement au sens propre mais maintenant aussi au sens figuré : impossible de reculer.

Inès essaya de nous rassurer en disant que ce pouvait être juste un chat mais les bruits se firent de plus en plus réguliers et importants. On entendait clairement le sol sec qui craquait sous le poids de quelqu'un. Sans aucun doute, une personne marchait et avançait vers nous. Nous ne pouvions pas fuir car le chemin de sortie se trouvait pile en face de la provenance des bruits. En moi-même, je rageais de me retrouver ainsi, la main dans le sac. Comme une voleuse mais une mauvaise voleuse. Celle qui avait été entraînée par sa bande de collègues maladroites de « pieds nickelés » se prenant pour les « Totally Spies ». Et l'arrivée de la propriétaire des lieux était imminente. Elle était peut-être équipée d'un fusil ! Dans sa grande propriété, elle devait se méfier des voyous en tout genre. Et là, il faut bien l'avouer, nous étions en délit de violation de domicile… Enfin plus en position de transgression que d'infraction mais bon, une position très embarrassante dans tous les cas. Je nous observai : les fesses scotchées au sol, corps figés, visages tétanisés levés en direction de Cruella encore invisible, nous avions l'air d'enfants de trois ans ayant fauté et attendant la sentence. Seule Laura murmura un « Aïe, aïe, aïe » et cela me fit penser à la dernière fois qu'elle avait dit ces mots.

Qu'est-ce qu'on avait rigolé ! C'était l'été dernier quand Laura était tombée amoureuse du cousin de Thomas, un mec de la bande des garçons, de passage au village. Elle nous soûlait avec lui car elle n'arrêtait pas d'en parler. Le problème c'était que son amour n'était pas réciproque. Très superstitieuse, elle avait lu dans ses bouquins ésotériques que pour conquérir ce garçon, elle devait dérober un objet lui appartenant. Cette mission n'était pas très difficile au village vu que les habitants se faisaient confiance et laissaient donc tout ouvert. La maison de Miguel était aisément accessible.

De plus, pour l'avoir déjà épié, Laura savait exactement où se trouvait sa chambre. C'est ainsi qu'un soir, sous nos yeux admiratifs, l'intrépide commit son larcin. Elle devint notre héroïne, celle qui trouve le courage, par amour. Après quelques secondes seulement, elle s'était présentée triomphante sur le pas de la porte, brandissant un stylo. Nous étions prêtes à lever les bras en signe de félicitations quand nous vîmes arriver, juste devant elle, le fameux Miguel. Ils s'étaient donc retrouvés face à face. Mais cette rencontre n'avait pas ressemblé à ces scènes de cinéma où l'embarras des acteurs finit par se transformer en baiser. Laura avait bêtement balbutié un « Aïe, aïe, aïe » et s'était fait chasser comme une malpropre. Les mots prononcés par son « désiré » l'avaient clairement calmée et mise dans une position de non-retour. Une fois le « choc » passé, nous n'avions pas pu nous empêcher de rire de la situation. Inès s'était moquée en imitant ce « Aïe, aïe, aïe » si ridicule.

Au coin de la maison, se profila alors une silhouette que nous avions du mal à discerner à cause du soleil dans son dos qui nous éblouissait. Puis, la personne apparut nettement et ce n'était pas la dame âgée que nous nous attendions à voir.
Pas de dos courbé, pas de cheveux blancs, pas de rides au visage. Ce n'était pas une femme, c'était une fille. Une jeune, lumineuse et très belle fille. Elle était grande, avec de longs cheveux blonds, et avait un visage lunaire par sa couleur et par sa forme ronde. Un physique en complète opposition avec sa tenue complètement noire, comme la nuit.

Aucun cri ne put sortir de nos bouches asséchées d'être trop restées ouvertes. Cette fille avait, de prime abord, une apparence fantomatique et je suis sûre qu'à cette seconde,

Laura était persuadée que c'était un spectre. Cependant, arrivées au moment où dans « 1-2-3-Soleil » personne ne bouge, la fille s'immobilisa et mit lentement ses mains sur les hanches en inclinant la tête. Elle regarda chacune d'entre nous, non pas pour désigner la perdante du jeu mais pour exprimer son ressenti de l'instant. Une grimace moqueuse se terminant sur un doux sourire révéla autant sa position de supériorité que notre attitude ridicule.

— Bonjour ! Qu'est-ce que vous faites là ?

Je repensai au regard du chat, comme s'il avait voulu nous prévenir qu'on n'avait rien à faire ici. Alors que les filles restaient de pierre, je me décidai à me lever à sa hauteur et à prendre la parole en m'inspirant de ce chat.

— Eh bien, c'est-à-dire que... nous nous promenions par là et nous avons suivi un petit chat qui venait ici, affirmai-je comme si c'était un prétexte pour entrer et s'asseoir chez les gens ! Mais que pouvions-nous inventer de mieux ?

— Et... vous avez pensé qu'il avait quelque chose à vous montrer ! Mais... vous avez raison, les chats sont intuitifs !

Nous ne savions pas trop comment interpréter cette remarque. En tous cas, la conversation était bien mal engagée et nous nagions dans la culpabilité. Il fallait absolument nous en sortir. Alors je décidai d'exécuter une petite pirouette comme je savais bien le faire avec mes parents :

— Nous avons entendu jouer du piano hier, c'était très bien joué, très beau !

— Ah, vous m'avez entendue, merci du compliment ! dit-elle en laissant entrevoir un sourire bienvenu.

Cette annonce tomba comme une bombe.

— Oui mais… nous pensions que c'était Alberta… s'inquiéta Léa.

— Ma tante ? Ah non ! rétorqua-t-elle en riant. Elle chante faux ! Alors jouer de la musique, ce serait un exploit pour elle ! Ce n'est pas faute d'avoir essayé !

Les traits de la jeune fille s'adoucissaient et elle souriait même franchement. Mélissa, qui cherchait à comprendre et se sentait plus en confiance, prit la parole :

— Ah bon ? Pourtant… On nous a dit que sa mère avait été chanteuse d'opéra !

— C'est vrai ! Et c'est donc la preuve que ce n'est pas forcément héréditaire ! Elle a hérité de beaucoup de choses de ses parents mais pas de ça !

— C'est dommage… Et donc, tu es sa nièce ?

Je l'incitai à en dire davantage ; même si l'énigme était résolue, il fallait bien un peu plus d'explications pour compléter notre dossier…

— Oui, la fille de son frère. Je viens ici tous les ans mais je ne sors que très peu. Ma tante n'est pas très causante. Je m'appelle Barbara. Et vous ? Si vous vous présentiez ? On dirait le « Club des Cinq » !

Ce nom de groupe plaisait beaucoup à Laura, notre « littéraire » de la bande. Elle nous expliqua plus tard que c'était une série de livres d'Enid Blyton que sa mère lui avait fait connaître. Elle enchaîna donc :

— Ouais, tu crois pas si bien dire ! On adore les histoires et les aventures ! Moi, c'est Laura et voici Mélissa, Inès, Victoria et Léa, fit-elle en nous montrant du doigt joyeusement.

— Les aventures… Genre vous introduire chez des inconnus ?

Barbara avait brusquement cassé l'ambiance qui commençait à se détendre. Mais cela ne dura pas car elle poursuivit en disant :

— Bon, ça va, je ne dirai rien à ma tante… De toute façon, vous avez l'air sympa.

— Merci… répondîmes-nous en chœur avec soulagement et gratitude.

— Venez, nous allons nous asseoir sur les pierres là-bas.

Elle nous expliqua qu'elle était venue au village car elle voulait travailler une audition de piano pour intégrer un orchestre très cher à son cœur à Marseille. Sa tante, ayant un très bon piano et une maison au calme, avait proposé son hospitalité à ses parents qui avaient accepté sans hésiter. Effectivement, Barbara ne dérangerait personne ici ! L'endroit était idéal pour éloigner leur fille de toute distraction estivale et des jeunes de son âge. Ils n'avaient pas pensé à la citation de Mahomet « Si la montagne ne vient pas à toi, va à la montagne », et donc à la possibilité que d'autres jeunes puissent venir à elle…

Ainsi, de fil en aiguille, Barbara nous parla de son hôte Alberta. Elle nous décrivit une personne très attentionnée et créative. À tel point que nous nous demandions si nos parents nous avaient renseignés sur la même dame. Pouvait-il exister deux Alberta au village ? Ses propos étaient à l'opposé de nos informations et nos idées, et nous nous regardions à la fois surprises et mal à l'aise. Nous ne retrouvions pas « notre » Alberta dans ses phrases : « Elle a refait une chambre juste pour m'accueillir », « Elle me prépare toujours de bons petits plats et de bons goûters » et « On s'amuse bien ensemble ». Barbara remarqua notre étonnement, alors nous abordâmes ce contraste avec son apparence. Finalement, nous constatâmes qu'il s'agissait bien de l'Alberta que nous connaissions… Enfin, que nous pensions connaître. Dans ma tête clignotait en rouge le mot « préjugé », un mot que j'attribuais toujours aux autres. À partir de là, s'engagea une discussion autour des expressions « l'habit ne fait pas le moine » ou « mine de rien » (j'aime bien cette dernière). Eh oui, même les jeunes en vacances peuvent philosopher !

Barbara nous raconta par exemple qu'elle n'aimait que le noir et le blanc pour ses vêtements. Elle ne pouvait pas se voir avec des couleurs (contrairement à sa tante !) et ne s'expliquait pas pourquoi mais c'était sa personnalité, elle se sentait mieux ainsi. « Je ne suis pas pour autant une gothique ou une déprimée ! » se justifia-t-elle en riant. Ensuite, elle nous interpella : « Et vous ? Est-ce que vos tenues vestimentaires reflètent vraiment ce que vous êtes ? » Une problématique se posait à nous. Elle nous fit réfléchir : le phénomène de mode faussait quelquefois nos goûts ! Elle nous donna l'opportunité de faire un « check-up », de dévoiler notre personnalité chacune à notre tour et finalement de nous aimer davantage en parlant de nous-mêmes. Et à notre âge, c'est primordial, l'estime de soi ! En revanche, en entendant certaines de mes amies, je constatai qu'il ne fallait pas en faire trop. Il y avait comme une limite à ne pas dépasser car au-delà, c'est vaporeux. Je compris ce que voulait dire ma mère quand elle parlait de gens superficiels !

Le soir, nous rentrâmes d'un pas léger. Les filles avaient la sensation que cet échange les avait rendues un peu plus matures. Pour moi, c'était bien plus que ça : j'avais été comme « éblouie » par cette rencontre. Mais pas l'éblouissement qui aveugle, pas d'une façon destructrice, mais plutôt révélatrice. Cette fille avait la sincérité qui me correspondait. Jamais, en une conversation, je n'avais autant appris sur les autres, sur leurs comportements.

Nous avions hâte de la retrouver le surlendemain car elle nous avait dit « Demain je ne peux pas, mais vous pouvez revenir samedi vers 16 heures si vous voulez. » Les filles la trouvaient tellement magnifique et intelligente qu'elles doutaient maintenant de sa nature terrestre ! Il est vrai qu'avec ses yeux bleu clair, ses cheveux blonds très longs et sa grâce, on aurait dit un personnage fantastique. Moi, c'était plutôt son état d'esprit qui me fascinait. En plus, son prénom, Barbara, m'interpellait un peu car ma mère m'avait parlé d'une chanteuse portant le même. Elle m'avait décrit une dame s'habillant en noir, chantant souvent des airs mélancoliques et dont la voix était cristalline. J'en parlai à mes amies et lorsque nous écoutâmes des extraits de ses chansons, cela amplifia leur processus de sublimation.

12

Elle avait des yeux, des yeux d'opale
Qui me fascinaient, qui me fascinaient
« LE TOURBILLON », CHANSON PAR JEANNE MOREAU

Le samedi fut vite arrivé. Et bien sûr, comme disait mon père : « Le-sa-me-di-c'est-tapasss ! » Nous, les femmes, stressées, courions partout dans la maison, entre les salles de bains, les toilettes et les chambres. On entendait des douches, des sèche-cheveux, des tintements de bijoux et des claquements de portes. Les hommes eux, déjà prêts, étaient occupés à discuter calmement dehors et ne manquaient pas de se moquer de tout ce chahut.

Sur le chemin menant à la grande place, de nouveaux vacanciers arrivaient. Je réalisai alors qu'une semaine s'était déjà écoulée depuis que nous aussi, nous avions posé les valises ici. Heureusement, il nous restait encore une semaine avant de partir vers le Portugal.

Avec les garçons, nous nous séparâmes des parents. Nous avions décidé de nous mettre à une table à part, tranquilles, pour parler de notre semaine passée. C'est Lucas qui prit la parole le premier. Il raconta qu'il était resté avec mon frère. Ils étaient exaltés par leurs trouvailles au village : une table de ping-pong, un terrain pour jouer à la pétanque et un espace clairsemé dans les bois, idéal pour la construction de cabanes.

Quant à Yann, il disait avoir intégré une bande de jeunes de son âge et que c'était « cool ». Ils avaient fait des parties de console de jeux et avaient traîné par-ci par-là. Et puis, il m'apprit que mes copines avaient, le jour précédent, tenté de s'immiscer dans leur groupe. Quoi ? Apparemment, Pablo les avait rembarrées gentiment car elles se montraient un peu trop curieuses et « chiantes ». Je n'osais pas trop sourire mais j'étais tellement amusée par cette anecdote ! Elles avaient voulu, profitant de mon absence, imiter mon épisode à la piscine ! Je n'en revenais pas ! Elles m'avaient critiquée mais uniquement par jalousie en fait ! Une jalousie qu'elles avaient espéré transformer en revanche. Pour le coup, elles ne se vanteraient certainement pas de ce « vent » !

Quand ce fut à mon tour de raconter ma semaine, je dis que j'avais fait des balades avec les filles, des jeux, rien d'extraordinaire, je restai vague. Je n'avais pas envie de leur parler de Barbara pour le moment. Dans tous les cas, Yann et Lucas adooraient ce village et les gens qui s'y trouvaient. Ils nous avouèrent même avoir fait des progrès en espagnol ! Bien sûr, ce n'étaient pas les vacances à la mer dont tous les jeunes rêvent mais cela ne semblait pas les déranger, bien au contraire. Lucas me dit : « Je kiffe trop ton village ! » et cela me fit méga plaisir.

Ces tapas étaient un vrai régal même si certaines étaient trop épicées à mon goût ! Je me mis à regarder tous ces vacanciers tellement heureux d'être ici. Il y avait de la musique dans tous les bars. Même en cherchant, je ne voyais aucune personne triste ou simplement préoccupée comme j'en vois quelquefois aux terrasses des cafés de ma ville le week-end. Ici, tout le monde parlait fort, riait, un verre à la main ou grignotant toutes ces petites gourmandises colorées (et épicées !). En tendant l'oreille, j'entendais l'évocation de souvenirs d'enfance ou de récits de vacances passées ici. Je vis Luìs au loin qui parlait avec Mateo, Pablo et d'autres garçons en faisant de grands gestes et en riant. Mes yeux eurent du mal à s'en détacher ! C'était un bon moment, Lucas nous racontait des blagues plus ou moins drôles et n'arrêtait pas de parler avec mon frère. J'écoutais à peine, à vrai dire. J'avais l'impression de voir flotter sur cette place des nuages multicolores de bonnes énergies comme au pays des Bisounours ! Non, j'avais rien bu d'hallucinogène ! Et puis, j'aperçus les filles arriver vers moi, aussi souriantes que pressées, je compris aussitôt pourquoi en regardant l'heure. Je décidai donc de « prendre congé » comme on dit. Je ne savais pas quelle aventure nous attendait aujourd'hui mais ce serait encore une journée particulière.

Pas la peine de prendre le petit chemin de derrière cette fois-ci : Barbara nous attendait sur le perron, en haut du large escalier en pierre qui menait à la grande porte bleue principale. Elle s'était assise sur la première marche du haut et s'amusait avec trois bébés chats tigrés. Elle était habillée d'une jupe-short et d'une chemise blanche resserrée par une ceinture noire. Quand elle se leva en nous apercevant au loin, les triplés s'éloignèrent et elle se retrouva seule en nous faisant un drôle d'effet. Le soleil illuminait sa longue chevelure dorée, ses bras ne bougeaient pas le long de son corps et son regard était fixé sur notre groupe. Si nous n'avions pas parlé avec elle la veille, Laura nous aurait replongées dans ses délires de fantôme ou même d'extraterrestre. D'ailleurs, elle nous murmura « On dirait la dame blanche ! » Pour ma part, je vis un rayon de lumière dans l'obscurité.

— Hello, le Club des Cinq ! Quoi de neuf aujourd'hui ?

Ouf, elle détendait l'atmosphère ! Elle paraissait bel et bien en chair et en os en descendant les marches.

— C'est la fête au village, c'est dommage que tu n'y sois pas allée avec ta tante ! annonçai-je.

— Tu sais, ma tante… Elle n'aime pas la foule, c'est pas son truc, nous dit-elle à voix basse en regardant derrière pour vérifier qu'elle n'était pas entendue.

Nous nous installâmes dans un endroit ombragé du parc, il y avait un petit banc et des troncs d'arbres coupés en forme de sièges en face. Un gros chat angora gris clair vint réclamer quelques caresses à Barbara avant de repartir. « Je vous présente Misty et non Misti-gris ! » plaisanta-t-elle. Son sourire et son regard nous faisaient comprendre qu'elle attendait le récit de nos aventures.

Le plus dur était d'engager la conversation au plus vite. Et ce fut elle qui ouvrit le bal : « Alors, c'était quel genre de fête aujourd'hui ? »

Inès se lança dans un monologue utilisant de multiples superlatifs pour décrire ce petit rendez-vous hebdomadaire. De temps en temps, nous introduisions des anecdotes afin d'étoffer le récit. Barbara écoutait, silencieuse et souriante. Elle avait l'air d'un vampire buvant le sang que représentait notre joie de vivre. On sentait de l'envie dans ses yeux. Son désir de sociabilité. Cette narration nous entraîna dans un développement plus général sur nos relations avec les autres jeunes du village, filles comme garçons.

Bien sûr, s'étaient constitués, avec le temps, des petits groupes d'entente, surtout en fonction de l'âge et vaguement selon les centres d'intérêt. Concernant notre groupe, nous étions toutes différentes mais chacune semblait trouver ses marques, son avantage. Nous partagions ces vacances ensemble et le reste de l'année, nous échangions un peu sur les réseaux sociaux. Je n'avais jamais eu de préférence pour l'une d'entre elles, nous nous fréquentions à degré égal. Inès, c'était l'aventurière et la meneuse, celle qui n'avait pas froid aux yeux mais était parfois blessante. Léa était curieuse de tout mais pas de façon malsaine, c'était aussi la plus coquette. Mélissa, la « matheuse », celle qui analysait, qui nous canalisait aussi ; elle restait sérieuse en toute circonstance. Quant à Laura, on aurait dit qu'elle voulait toujours exagérer chacune de nos craintes. Et moi ? Difficile de se juger soi-même mais je me voyais comme celle qui les écoutait, qui les conseillait souvent, mais aussi celle qui voyait toujours le bon côté des choses et surtout celle qui ne pouvait pas être méchante ni menteuse.

Barbara ne parlait pas beaucoup au début, elle se contentait de poser des questions pour apprendre à nous connaître et s'intéressait à nos activités. La décontraction gagnant du terrain, nous attendions davantage d'elle. Elle le sentait bien alors elle commença à se dévoiler. Elle nous raconta que ses parents s'étaient séparés quand elle avait sept ans.

— Même si, physiquement, je suis typée plutôt fille de l'Est (nous ne manquâmes pas d'approuver), mon père est espagnol et ma mère italienne ! Donc bien latine ! À leur séparation, ma mère est partie vivre à Rome pour retrouver sa famille tandis que mon père est resté à Marseille où nous vivions depuis toujours. Ils m'ont donné le choix alors j'ai préféré rester avec mon père.

Elle nous décrivit un père exigeant qui lui interdisait de voir ses amis à l'extérieur de l'école. Cependant, elle avait choisi d'habiter avec lui car, contrairement à sa mère, il l'encourageait à poursuivre sa passion pour le piano. Il mit à sa disposition tous les moyens nécessaires à sa réussite contrairement à son ex-épouse très dépensière. Dans ces conditions, Barbara avait donc rapidement progressé et atteint un très bon niveau. Maintenant, elle enchaînait les petites représentations et les concours.

Cela me faisait penser à mes débuts au piano. C'était un instrument de musique que j'affectionnais par sa fluidité et sa douceur. Je me sentis, à ce moment-là, fière d'avoir pris toutes ces leçons quand j'étais plus jeune avec une concertiste à la retraite. Et puis je me souvenais du plaisir que j'avais d'aller, les mercredis après-midi, m'entraîner chez Rosita qui avait un piano. Cependant, j'avais petit à petit laissé cette passion de côté pour consacrer plus de temps à mes camarades et je le regrettai un peu. Quand je fis cet aveu à Barbara, je devins son point de focalisation.

Elle me posait des questions sur mon apprentissage, mes compétences et aussi mon goût pour cet instrument. Évidemment, je n'étais que débutante, mais je ne me sentais pas dépréciée pour autant. Au contraire, elle m'encourageait à parler de ce que je connaissais. Alors que je ne voyais que mes défauts, elle me demandait d'évoquer mes qualités. Je trouvais ce comportement de bienveillance inhabituel par rapport à celui de mes autres amies, d'autant qu'elle avait un niveau nettement supérieur au mien. En me questionnant, elle testait discrètement aussi ma passion : pouvait-elle la réveiller ?

À côté de ça, je sentais la frustration des filles qui ne pouvaient plus participer à la conversation. Je les entendais s'agiter sur place et fouler les feuilles à leurs pieds pour rappeler leur présence. Barbara n'arrangea pas les choses car elle me suggéra de venir essayer son piano. Malgré l'idée que je pourrais me ridiculiser en lui montrant mon piètre talent, j'avais une terrible envie de jouer avec elle car elle me captivait. Comment pouvais-je me détacher de mes amies sans les contrarier ? Comment ne pas éveiller un sentiment de jalousie en elles ? Même en jouant la carte de la franchise, je n'étais pas sûre que ce soit l'atout menant à la victoire. Comment sortir indemne de ce dilemme ?

Je restai donc vague dans ma réponse en faisant celle qui n'était pas trop intéressée. Je passai du coq à l'âne en trouvant un autre sujet de conversation qui me sauva, comme d'habitude :

— Dis donc, ta tante a pas mal de chats !

— Oui, elle adore les chats, elle en fait presque une collection ! s'exclama Barbara. Elle en a de toutes les couleurs, de toutes les tailles, de tous les âges et de plusieurs races.

— Ah bon ? Mais elle en a combien exactement ?

— Alors ça, c'est une bonne question Léa ! Je me la suis posée moi aussi et j'ai été obligée de le lui demander car je n'arrivais pas à les compter ! Elle m'a dit : dix-sept ! Incroyable, non ? Je ne les connais pas tous de la même manière. Ils ont leur caractère bien à eux. Il y a ceux qui demandent des câlins et ceux qui sont plus sauvages ! Ceux qui osent tout et les peureux. Les gentils et les méchants !

— Oui dis-je, pensive, un village de chats dans un village d'hommes.

— Tu as raison, et ma tante est la cheffe du village des chats !

Nous rîmes toutes en continuant la plaisanterie.

Avant de nous quitter le soir, Barbara nous demanda à chacune nos numéros de téléphone. C'était moi qu'elle voulait appeler, je le sus le soir même. Un numéro inconnu s'afficha et quand j'entendis sa voix, je sus d'avance l'objet de son appel.

— Je ne pouvais pas te le demander directement devant tes amies mais j'aimerais beaucoup que tu viennes jouer un morceau de piano chez moi demain... En fin de matinée, par exemple. Tu serais d'accord ?

— Oui, pourquoi pas ? Je pourrais passer vers onze heures si tu veux !

Quel calme avais-je gardé pour répondre de cette façon ! Et surtout quel aplomb de dire des choses sans réfléchir à leur faisabilité ! Mais j'avais tellement envie d'y aller ! C'était non seulement l'occasion d'en apprendre davantage sur elle, mais aussi de reprendre en main cet instrument que j'avais tant aimé plus jeune.

Cependant, cette fois-ci, j'étais véritablement confrontée à la situation redoutée plus tôt. Comment faire ? Je me demandai si je devais envoyer un petit mot à toutes les quatre pour les informer de cette invitation. Encore une fois, j'imaginai leur déception d'être mises à l'écart. Le fait est que ça tombait bien : nous n'avions rien prévu ensemble pour le lendemain car elles avaient des sorties de leurs côtés avec leurs parents. Et puis, pourquoi leur rapporter tous mes faits et gestes ? Cet instrument de musique allait peut-être nous réunir avec Barbara, être le point commun pour le début d'une amitié sympathique. Je ne pouvais pas refuser. En tout état de cause, le dire ou pas provoquerait le même effet. D'un commun accord avec moi-même : je ne fis rien.

- 13 -

On n'se connait pas mais je voulais vous dire merci
Si vous saviez combien vous avez changé ma vie
Sans vraiment l'savoir, vous avez fait de la magie
Moi qui ne croyais plus en moi ni en l'avenir
Oui c'est vous qui m'avez réanimé
Eh, grâce à vous ma flamme s'est allumée…
« À NOS HÉROS DU QUOTIDIEN », CHANSON PAR SOPRANO

De bon matin, en bas de l'escalier, Rosita me cria comme si j'étais chez les voisins :

— Tu peux m'prêter un maillot de bain ? J'ai oublié le mien et je sais que toi, t'en as toujours une centaine !

Je pensai : « Ah oui ! Journée pique-nique et baignade en famille à la piscine municipale ! » Il fallait que je trouve une échappatoire… Une excuse, une idée, une astuce, bref un truc… Et vite en plus ! Rhaaa ! Flippant cette situation ! Je remontai dans ma chambre afin de trouver un maillot pour Rosita, le lui lançai puis m'allongeai sur mon lit, la tête dans mes mains pour tenter de trouver « LA » solution. Je ne pouvais pas rater l'occasion ! C'était OBLIGÉ ! Le temps était précieux ici ! Ce qui ne m'aidait pas c'était qu'un mal de ventre m'agaçait. Nous les filles, nous aurions souhaité une fois par mois être un garçon. Pfff, trop nul. Mais… Oui ! Je la tenais ma solution ! Pour une fois que cet inconvénient pouvait se transformer en un avantage ! « Maman, j'ai trop mal au ventre… Est-ce que je peux rester tranquille à la maison aujourd'hui ? » Bien sûr, elle accepta. Je suis trop forte ! me félicitai-je en chantant et en dansant discrètement, fière de moi.

Tout marcha comme sur des roulettes bien huilées, excepté que la gentille maisonnée ne décolla pas avant onze heures trente… J'envoyai un petit message à Barbara pour la prévenir. Ce qui était excitant, c'était de savoir que j'avais presque toute la journée ! Pourvu que tout se passe sans accroc ! C'était comme si je me rendais à un rendez-vous galant !

Je grignotai un peu et partis en courant. Je descendis en bas de la rue, traversai la grande route puis me dirigeai vers le chemin de terre qui montait au bois des cabanes. Je réalisais tous les risques que je prenais et je me sentais tellement coupable par rapport à mes parents qui me croyaient à la maison… Promis, je ne le referais plus. Je m'arrêtai à la clairière des cabanes pour reprendre mon souffle et me calmer avant la descente finale. Larguons les amarres ! Et que vogue… non pas la galère mais le bateau de plaisance !

Un moment de solitude m'envahit. Le château se présentait devant moi, austère comme un tribunal. Je vis le rideau de la porte-fenêtre de gauche bouger et aperçus Alberta. « Bon, je ne vais pas faire la Laura ! Je suis juste venue jouer du piano, pas pour un procès ! » Je montai lentement les marches de l'escalier de pierre. Je regardai la grande porte en bois bleue et, comme dans un jeu, je sentis qu'elle ouvrait sur un niveau supérieur, une aventure différente. Je toquai. Toc, toc, toc et rien. Je m'inquiétai un peu même si Barbara avait répondu à mon message d'excuses.

Enfin, la poignée grinça et la porte s'ouvrit péniblement : Barbara apparut, sourire aux lèvres.

— Hello, hello, Victoria ! Tu vas bien ?

— Super et toi ?

Évidemment, je n'allais pas lui dire : « Non pas du tout : j'ai mal au ventre et en plus je suis morte de trouille d'entrer dans ce qu'on appelle 'l'inconnu' ! » Alberta s'approcha de nous, je faillis (inconsciemment) reculer.

— Parfait. Ah ! Tatie Alberta, je te présente Victoria. Victoria, voici ma tante préférée !

Alberta me sourit délicatement en me disant « Holà, encantada » *(Bonjour, enchantée)* et repartit discrètement comme si elle était timide. Je commençai à me détendre. Barbara m'entraîna sur la gauche, dans un vaste salon décoré comme les châteaux du Moyen Âge. Dans le coin, devant la fenêtre avec l'épaisse tenture où j'avais vu Alberta, se trouvait un somptueux piano à queue en bois verni qui semblait flambant neuf.

Barbara était à nouveau très élégante, vêtue d'un pantalon droit noir et d'une longue chemise blanche en coton. Cette fille d'à peine dix-huit ans faisait définitivement plus que son âge. Moi, avec mon short et mon t-shirt, je semblais un peu plouc. Elle m'indiqua du bras le piano et m'invita à m'asseoir sur la banquette comme si j'étais une experte. Je remarquai au passage qu'elle avait la même montre que celle que je portais pendant l'année et que, de surcroît, elle la portait comme moi au bras droit. Ce détail n'était pas insignifiant pour moi car à notre époque, peu de filles portaient des montres et encore moins au bras droit. Un autre point en commun me dis-je !

— Attends, je vais chercher un tabouret et me mettre à ta droite. Elle s'installa et me dit :

— Bon, je te présente le compagnon de mes vacances ! Il est possessif car il me réclame tous les jours mais il me le rend bien car on passe de bons moments ensemble… Je suis prête à le partager avec toi ! J'aime bien partager.

Sa comparaison était drôle et bien pensée.

— Oh quel honneur ! Je suis très heureuse de faire sa connaissance et te remercie du partage ! Seulement, j'espère que je ne vais pas le décevoir !

— Mais non ! Il aime jouer ! Jouons à trois ! Par quoi pourrions-nous commencer ?

J'avais bien sûr réfléchi la veille à ce que j'allais jouer alors je lui dis en faisant semblant que c'était spontané :

— Eh bien, comme tous les débutants, j'ai appris « La lettre à Élise » de Beethoven. Je peux essayer si ce n'est pas trop ennuyeux pour toi… Tu me diras ce que tu en penses.

— Alors sache que, si tu l'affectionnes, Monsieur mon piano fait des miracles. Tu verras.

Elle me fit un clin d'œil, se tut et posa les mains sur ses cuisses pour montrer qu'elle attendait. J'aurais dû me sentir mal à l'aise devant une personne aussi talentueuse qu'elle. Mais au contraire, comme elle m'avait mise en confiance, je pris une bonne inspiration pour me concentrer, me redressai en me frottant les doigts et je me mis à jouer quelques notes puis, progressivement et bien calmement, je jouai mon morceau comme si j'avais été en présence de Rosita.

Comme Barbara semblait effectivement s'amuser, je lui proposai « Imagine » de John Lennon et cinq minutes après que j'eus commencé, elle ôta délicatement ma main droite pour mettre sa main à la place. C'était la première fois que j'expérimentais cette technique et je trouvai l'exercice à la fois complexe et amusant. Nous enchaînâmes sur d'autres airs classiques.

— Tu te débrouilles vraiment bien ! Il y a bien sûr des détails à améliorer mais tu maîtrises super bien les accords pour quelqu'un qui n'en a pas fait depuis longtemps ! Je te félicite !

Me flattait-elle ou était-elle sincère ? Pas grave, je me sentais vraiment bien. Puis elle me dit :

— On va essayer quelque chose, tu vas commencer sur l'air de « À la claire fontaine » mais avec une pulsation très lente, comme ça… Tan tan tan tan tan tan… Et moi je t'accompagnerai, tu verras c'est sympa et beau.

Jouer cet air à cette allure était étrange au début. Seulement, quand elle posa ses mains à côté des miennes, la chansonnette prit une autre dimension. Je me concentrai puis, au fur et à mesure, l'aisance me permit de ressentir toute l'élégance et la délicatesse de ces quatre mains sur le piano. Même si Barbara avait beaucoup plus de dextérité que moi, c'était bien plus que « sympa et beau » : nous nous accordions bien.

Par un petit souffle que je laissai échapper, Barbara comprit ma légère fatigue. Elle s'arrêta donc pour m'expliquer deux ou trois trucs, me donner des astuces, des conseils. Loin d'être une leçon de piano, ces enseignements se présentaient à moi plutôt comme des informations précieuses. Elle cherchait à me faire trouver dans cette discipline le plaisir qu'elle éprouvait. Elle me transmettait le germe de sa passion et je partageais son engouement : nous nous entendions bien.

Une voix rauque me tira de ce moment comme un réveil nous arrache d'un beau rêve. Alberta disait : *« Fue tan hermoso esta pieza de música, chicas »* (C'était tellement beau ce morceau de musique, les filles). Elle s'approcha et nous demanda : « Ça vous dit une petite citronnade ou orangeade 'hecha en casa' *(faite maison)*, les musiciennes ? Vous méritez une pause ! » Je n'en revenais pas que ce soit Alberta qui nous parle de cette manière en français si… « cool ». Elle arriva, ébouriffée mais le sourire aux lèvres, avec un plateau rempli de verres et de pots colorés.

Elle posa le tout sur une petite table, repartit puis revint avec un autre plateau couvert de tapas joliment préparées. Je n'aurais jamais cru voir en « la vieille Alberta » une femme aussi avenante que celle que j'avais devant moi. Une bien belle illustration de l'apparence trompeuse de certaines personnes !

Durant cette petite collation, Alberta en profita pour faire connaissance avec moi. Elle m'interrogea de façon courtoise pour savoir de quelle famille j'étais issue. Puis son visage s'illumina de nostalgie à l'évocation de mes grands-parents qu'elle disait avoir connus.

— Des gens adorables avec tout le monde, ils avaient toujours le sourire… et leurs enfants aussi étaient gentils mais j'étais plus âgée qu'eux et c'est plutôt mon frère qui les côtoyait.

Nous nous regardâmes avec Barbara, surprises de cette histoire : nos parents s'étaient « côtoyés » ! Dingue ! Il fallait que j'en parle à ma mère !

En revenant au temps présent, Alberta se mit à faire des éloges sur sa nièce. Je ressentis son besoin de se rattacher à l'idée que tout n'était pas perdu dans sa vie et qu'elle avait beaucoup de chance de l'avoir : « Barbara est comme une fille pour moi » dit-elle. Elle déplorait de ne pas la voir assez souvent. « Elle ne vient que pendant les vacances d'été et si peu de temps ! Heureusement, cette année je suis chanceuse, c'est une bonne année ! » Et elle l'attrapa par le cou pour l'embrasser tendrement. Dire que mes amies la prenaient pour une vieille folle n'ayant de cœur que pour ses chats.

14

*Porque así la vida es así (*Parce que la vie est comme ça)
*Benedicion es tenerte aquí (*t'avoir ici est une bénédiction)
Vamos a seguir el momento (profitons du moment)
Dejo libre todito lo que siento yo
(Je laisse libre cours à tout ce que je ressens)
Como una estrella en el mar me haces brillar
(Tu me fais briller comme une étoile dans la mer)
y como la luna llena (et comme la pleine lune)

« MON SOLEIL », CHANSON PAR ANITTA ET DADJU

Après cet après-midi exquis, j'espérais avoir le temps de préparer un bon gâteau pour faire plaisir à tout le monde et surtout, il faut bien le dire, pour libérer ma conscience du poids du mensonge. J'aime bien la pâtisserie : le fait de mélanger des ingrédients pour en faire une seule pâte. Des éléments au départ poudreux, granuleux, crémeux, visqueux, s'accordant pour former une explosion de goût ! Un bon concept à méditer, non ? Ma mère avait amené de France toutes sortes d'ingrédients, arômes, sucres parfumés, etc. Une petite folie me poussa à mettre un peu de tout et dans des doses hasardeuses : je ne préparais pas avec amour mais plutôt comme une quittance. Mes mains créaient, je m'amusais en chantonnant des airs joués plus tôt.

Le soir au dîner, j'eus droit à un récit animé de la part des garçons, ce qui me changea totalement les idées ! Lucas et Hugo s'étaient fait de nouveaux amis à la piscine et avaient vu eux aussi le groupe des Catalanes. Quant à Yann, c'est ce qu'il s'était passé après la piscine qu'il nous raconta. Dans la grande cour de l'école, ils s'étaient mis, avec ses potes, à cacher le ballon des plus jeunes qui jouaient au football. Et cela à trois reprises. Ils s'étaient amusés à les voir chercher dans tous les recoins et râler. Je lui dis que c'était un jeu vraiment stupide et même méchant. Je les traitai lui et sa bande de « grands dadais ». Mais cela le fit rire et il m'arrêta aussitôt en disant :

— Attends ! Après, trois fois, on s'est dit avec les potos qu'on pourrait justement en faire un « jeu intelligent », me dit-il en faisant le signe des guillemets avec ses doigts.

Je ne voyais pas où il voulait en venir.

— On les a réunis et on a emprunté le bloc-notes d'un gamin qui faisait un morpion avec un autre plus loin. Et j'ai trouvé l'idée grave géniale de faire un jeu de piste !

Comme il me voyait plisser les yeux, montrant mon doute, il ajouta : « une chasse au trésor si tu préfères ! »

— Ouais, j'ai compris, mais bon…

En fait je trouvais cette idée « grave géniale » (comme il disait) mais je ne voulais pas trop le complimenter.

— Alooors ? Avoue ! Tu admets mon génie !

— Ouais, pas mal… Mais fais gaffe quand même à ce que ta tête n'explose pas ! Parce qu'une fois ouverte, on découvrirait que finalement il n'y avait rien dedans !

— Ha ha ha ! MDR !

Avec Yann on aimait bien se chambrer comme le feraient frère et sœur. Nous nous considérions un peu comme tels finalement même si nous n'étions pas de vrais amis qui s'étaient choisis, puisque nos parents se fréquentaient depuis toujours et que nous nous connaissions depuis tout petits. C'était quelqu'un de sincère mais assez secret. J'avais remarqué qu'il se cachait beaucoup derrière son humour sans pour autant nous mentir.

Ils avaient été inventifs cette année ! Une petite méchanceté s'était transformée en jolie entente. La sorcière s'était transformée en fée ! Eh oui, la laideur n'est pas toujours où on pense la trouver. En revanche, nous expérimentâmes l'effet inverse au moment du dessert !

Je n'étais pas peu fière de ce disque jaune parfait comme un soleil que représentait mon gâteau dans le plat posé au milieu de la table ! Tout le monde l'admira et me félicita. Alors je commençai à le partager pour faire le service. Mais dès la première coupe, une odeur malvenue s'en dégagea et son aspect coulant confirma l'anomalie. Punaise, qu'est-ce que j'avais fait… ou pas fait ? Pas assez cuit, c'est sûr ! Alors, j'approchai mon nez mais les effluves nidoreux me firent aussitôt reculer en me pinçant fermement les narines. J'avais mis un œuf pourri ou quoi ? Peu importait la cause, ce gâteau était immangeable. Tout le monde éclata de rire ! Et moi je pensai : « Je suis punie ! »

C'est en aidant ma mère à faire la vaisselle que je repensai à ce gâteau et j'en tirai une nouvelle leçon sur les éléments que l'on mélange. Ma théorie du départ était donc fausse, on ne peut pas tout mélanger. On doit tenir compte du mauvais élément, c'est-à-dire celui qui est défectueux ou inapproprié. Il suffit de sa présence pour ruiner l'ensemble. J'imagine bien une personne malsaine dans un groupe d'amis qui finirait par le faire exploser. Sans aller aux extrêmes, nous n'avons pas tous les mêmes affinités, les mêmes choses ne nous font pas vibrer.

Cependant, cette journée n'était pas encore terminée et… elle se termina en apothéose.

Alors que nous disputions une petite partie de rami un peu plus tard, Yann reprit la parole et annonça avec nonchalance la suite de ses idées… Je ne le lui dirai bien sûr jamais, mais je ne peux qu'admettre qu'il avait été bien inspiré ! Il parlait de « faire des groupes » et disait que le mieux était de mettre des garçons avec des filles. Je trouvais personnellement cette idée doublement intéressante. Premièrement, avec ce jeu, mes amies oublieraient un peu Barbara ; deuxièmement, Yann m'avait donné l'espoir d'un contact avec Monsieur Luìs. Grâce à cette ruse, je réussirais à faire partie de son équipe. Cette perspective me réjouissait mais je m'efforçai de ne rien laisser paraître. Ce soir-là, je crois que je me suis endormie en souriant comme une idiote.

$\mathcal{L}$e matin, j'accompagnai ma mère, Charlotte et Rosita au magasin d'alimentation. J'adorais cette minuscule boutique qui avait l'avantage de n'en concurrencer qu'une seule autre au village. Elle regorgeait de produits en tous genres. Lieu de rencontre incontournable, il était difficile d'accéder à la moindre petite sauce tomate sans s'excuser de déranger une conversation. Toutefois, j'aimais cet endroit bruyant car tellement chaleureux. Les propriétaires, Teresa et Francisco, étaient les mêmes depuis toujours et leur fils Alejandro prenait petit à petit la relève. J'avais remarqué que ce dernier n'était pas indifférent à Léa : elle venait souvent tenter d'engager la conversation avec lui. Elle ne nous en avait jamais parlé. Un peu comme moi avec Luìs, elle voulait préserver son jardin secret.

L'après-midi, c'était la fête au village. Mais cette fois-ci la fête des jeunes. Il y avait foule sur la place ! On se serait crus dans une colo ! Je fus cependant contrariée d'apercevoir Luìs et Diego parlant avec les six Catalanes…

Initiateurs du jeu, Yann, Alexandre et Thomas se positionnèrent au milieu de la place et prirent la parole chacun à leur tour pour en donner les règles. Les plus jeunes, très enjoués, écoutaient comme des enfants de chœur. Les autres, plus âgés, posaient des questions et donnaient des idées en levant le doigt tels des étudiants. Moi, je surveillais Luìs du coin de l'œil. Je n'aimais pas les regards de mantes religieuses des Catalanes car bien sûr, elles ne regardaient pas trop leur cousin !

Les équipes se formèrent rapidement en mélangeant âges et sexes comme il avait été préconisé. Je stressais car je ne savais pas comment j'allais m'y prendre pour me retrouver avec lui. Il se détachait des filles mais je compris, en les voyant le suivre comme des petits chiens, qu'elles allaient participer au jeu. Bien sûr, comme il parlait le catalan, il avait certainement dû leur expliquer les règles avec Diego. J'avais tellement peur qu'elles bouleversent mon plan ! D'abord, je me rapprochai de lui, l'air de rien, afin que l'on se choisisse « par hasard ». Et « alléluia », le miracle s'accomplit : « On se met ensemble ? » « Yep, pas de souci. » Notre équipe se composa donc de deux garçons de douze ans, une des Catalanes de treize ans et une autre de seize ans. C'est lui-même qui était allé les chercher et me les avait présentées. Quelle bonté mon cher ! Les garçons étaient heureusement calmes car les filles étaient branchées sur 100 000 volts. Celle de treize ans était une « madame-je-sais-tout ». Elle voulait toujours avoir raison mais pour finir, il fallait tout lui expliquer de A à Z. Celle de seize ans, Serena, n'avait pas besoin qu'on lui explique les choses. Elle en savait même beaucoup trop. Elle savait qu'elle était jolie et mettait en évidence ses atouts physiques. Par sa tenue vestimentaire, elle ne faisait pas vacancière lambda mais plutôt « lambada ». Elle collait aux basques de Luìs. Elle se mettait même devant moi pour m'éloigner et pour qu'il m'oublie.

À un moment, pourtant, elle manqua d'attention et il lui échappa. Nous nous retrouvâmes, Luìs et moi, en haut d'une rue déserte, étrangement tous les deux. On se chamailla gentiment, un peu. Mais la minute d'après, tout bascula. Serena gâcha ce moment de complicité. Elle arriva avec ses allures d'allumeuse et fit naître chez moi une certaine amertume. Je n'avais jamais vraiment connu ce sentiment et cela me gênait : la jalousie. J'avais l'impression qu'une certaine entente s'installait entre eux. J'avais l'impression d'être de trop. Il me semblait que j'allais vomir sur eux. Alors, je n'eus d'autre choix que de me détourner d'eux et de parler aux autres en leur tournant le dos. Nous étions comme deux aimants de même pôle qui se repoussent au lieu de s'attirer. Je perdais le pôle nord ou le pôle sud, je perdais le contrôle, je perdais la tête, je ne comprenais plus rien. Je perdais mon amoureux. Il était donc comme tous les autres, une abeille parmi les irrésistibles fleurs aux parfums aphrodisiaques.

Le soir même, lors du rituel vespéral du petit verre en terrasse, je n'étais pas dans mon assiette, ni dans mon verre d'ailleurs ! Mais comme les filles avaient beaucoup de choses à raconter, cela me changea les idées. Elles parlaient de leurs rigolades avec les plus petits et de leurs échanges avec les autres filles et garçons pendant le jeu. Mélissa disait :

— Alors moi, j'étais pas gâtée avec Antonio dans mon équipe ! Il est lent, mais il est lent ! Mais bon, on s'est bien marrés quand même !

— Et moi, pire avec Diego ! Il est relou mais relou ! Il n'arrêtait pas de me draguer ! J'aurais préféré avoir quelqu'un d'autre !

En disant cela, Inès très explicite, me fusilla du regard. Manifestement, cette fille m'accusait toujours de quelque chose et les autres ne me défendaient quasiment jamais. Je repensai alors à mon gâteau, à l'ingrédient qui avait tout gâché.

Je sentais la colère monter en moi mais j'estimai que ce n'était pas la peine d'insister, pas la peine d'éveiller un conflit. Alors, aussi calmement que possible, je m'adressai à Léa et Laura :

— Et vous, ça s'est bien passé ?

Mélissa sourit malicieusement en disant :

— Ah ben moi, avec Yann et Alexandre, je me plaint pas ! Des mecs très intéressants… À tous points de vue d'ailleurs !

— Ah ça, c'est clair ! T'es bien tombée toi ! Ils sont canon ! rétorqua Inès.

C'est vrai que ce jeu est une occasion de tchatcher avec les garçons. Yann a eu une super idée !

Les autres approuvaient les paroles de Mélissa en faisant pétiller leurs yeux de merlan frit… Je pensais : « Une super idée » ? Mais bien sûr, Mélissa ! En revanche, moi, quand je vois des garçons en dehors du groupe, c'est « Comment tu fais pour les supporter ? » !

— En plus, j'avoue que moi, perso, j'ai fait comme la fille catalane qui était dans mon groupe : j'ai essayé de les séduire…

— Nooon !

Nous répondîmes toutes, étonnées de cet aveu de Mélissa. Ma réaction était, cependant, encore plus surprise que celle des autres. Elle nous dit que cela ne lui déplairait pas de sortir avec l'un des deux, peu importe lequel. Les autres approuvèrent et l'encouragèrent. Je souriais mais je ne pouvais pas partager leur exaltation.

Étais-je une extra-terrestre pour rêver de sentiments sincères à mon âge ? Moi, j'aimais sentir mon cœur battre fort pour une personne et savoir que le sien battait autant pour moi. J'aimais l'idée de me projeter, d'avoir le désir de partager ma vie avec un homme qui m'attire autant par son physique que par son caractère et réciproquement.

Je croyais que les filles, en général, étaient plus romantiques que les garçons mais là, elles parlaient plus d'aventures que d'engagement. Et même, en les écoutant, je décelais une ruse : se faire accepter par la bande masculine grâce à une relation. Cette « technique » m'écœurait un peu. Elles me faisaient penser aux mantes religieuses. En regardant Léa, une petite rancune me revint ; l'occasion était trop belle de lui renvoyer la balle.

— Ah, au fait, j'ai vu Alejandro ce matin à l'épicerie ! Qu'est-ce qu'il a changé lui aussi !

— Comment ça, changé ? fit Léa soudainement interpellée.

— Ah ben, il est toujours aussi sympa et il est devenu très charmant et… qu'est-ce qu'il est musclé !

Je savais que j'allais faire réagir Léa. Elle me regarda fixement en se demandant si je ne convoitais pas son petit chouchou. Elle me dit presque sèchement :

— Tu le kiffes ou quoi ?

— Pas du tout, je te le laisse !

— Pourquoi tu dis ça ?

— Ben ! Tout le monde sait qu'il t'intéresse, toi !

Elle devint toute rouge. Les autres filles remarquèrent son évident embarras et la rassurèrent, si on peut dire, comme si elle avait fauté. Désespérantes. Mais le pire était à venir, « the best of the best », quand Inès prit la parole. Je me retins difficilement d'émettre le moindre son.

— Faut pas en rougir tu sais, c'est normal, on a tous un mec qui nous plaît ! Moi, par exemple, avec Luìs, je vais tenter ma chance. Je pense même que ça va passer crème !

Mélissa admiratrice, ajouta :

— Ah ouais ! Avec Luìs, ce serait trop stylé !

J'hallucinais. En analysant la situation, elles avaient le droit de sortir avec un garçon du village mais pas moi ! Et en plus, Luìs… Je n'en revenais pas qu'Inès ose entrevoir une relation avec « mon » Luìs. Une de plus…

Je ne me sentais pas du tout à ma place. J'avais envie de m'enfuir en courant. Alors, de peur qu'elles me demandent, à mon tour, quel était mon garçon préféré, je me risquai à parler de ma visite chez Barbara. Je devais changer de sujet et puis il fallait bien le leur dire un jour ou l'autre. Aucun moment, dans tous les cas, ne serait idéal pour leur faire cet aveu. Alors je me lançai :

— Je suis passée voir Barbara hier.

Et là… C'est impressionnant comme quelques petits mots peuvent avoir un effet de… gros mots ! Elles se sont direct figées et m'ont fusillée du regard. Le genre de regard qui te dit que tu ne vas pas être la reine de la soirée et au contraire, que tu as intérêt à prendre ton bouclier de Xena la guerrière. Je voudrais savoir qui a dit « faute avouée est à demi pardonnée » pour lui tordre le cou !

— Mais non… ! C'est une blague ? Tu y es allée SANS nous ? Et en plus, SANS nous prévenir ? s'offusqua Inès avec ses gros yeux.

— Euh ben oui… En fait, Barbara voulait juste qu'on essaie de jouer toutes les deux au piano et je ne vous l'ai pas dit parce que cela ne me semblait pas important et surtout j'avais peur de vous contrarier. Je suis désolée !

Voilà, j'avais dit la vérité. À choisir, je préférais cet aveu-ci plutôt que celui de mon crush pour Luìs. Mais le visage d'Inès était noir de haine et les paroles qu'elle prononça ensuite me choquèrent carrément.

— De toute façon, fallait s'en douter qu'on n'était pas assez bien pour elle ! Tu parles, elle dit que l'habit ne fait pas le moine mais elle, elle s'habille comme les touches de son piano en noir et blanc !

— Ah ! Yes ! Trop drôle ! J'avais pas remarqué ! dit Léa en riant.

Je soufflai d'exaspération et elles comprirent que cela ne me faisait pas rire du tout. Laura s'interrogea :

— Et donc ? Tu es entrée dans la maison de la vieille Alberta ? T'es ouf, toi !

Elles me tendaient une superbe perche pour faire une vraie blague. Et je ne pus m'en empêcher !

— C'est ça… Et… Quelle erreur !

— Voilà ! Elle t'a enfermée ! J'en étais sûre ! Ça se voit tout de suite qu'elle est dingo cette femme ! T'es vraiment inconsciente !

En tapotant son index sur sa tempe, j'ignorais si Laura faisait allusion à la folie d'Alberta ou à la mienne. Mais je le sus ensuite quand Léa m'accusa presque en me demandant :

— Tu avais pris ton portable au moins ?

J'aurais dû remarquer que les nuages noirs étaient arrivés et que le beau temps avait tourné à l'orage… Elles étaient devenues tellement remontées contre moi qu'elles extrapolaient à volonté en imaginant une histoire digne des films d'horreur. Pourquoi les contredire ? Puisqu'elles m'avaient contrariée en se moquant de Barbara, je décidai de continuer dans mon délire mais surtout dans le leur.

— Oui… Heureusement car on m'a poussée dans un endroit noir, alors j'ai allumé la lampe de mon appareil. Et là, j'ai reconnu que je me trouvais dans la cave qu'on a vue derrière les barreaux.

— Et bien sûr tu n'avais pas de réseau, tu ne pouvais pas téléphoner, c'est ça ? ajouta Léa.

— C'est ça !

Elles étaient toutes les quatre à me regarder comme elles l'auraient fait avec une enfant de trois ans. Et enfin, Inès souffla et me demanda :

— Et donc, c'est Barbara qui t'a sauvée ? C'est pour ça que tu l'aimes bien ?

— Pas du tout !

Contre toute attente et comme si elle voulait avoir la réponse juste à un quizz, Laura lança :

— T'as été obligée de passer par une chatière ?

— Heu, je ne suis pas grosse mais quand même !

Impatientes de connaître enfin l'issue de l'histoire, elles proclamèrent en chœur un « Alors ? » et là, mon imagination déborda tellement que je finis par faire sortir la plus farfelue des versions. Je me maîtrisai pour ne pas rire afin d'être le plus crédible possible. Je me rappelais quand il m'était arrivé de lire une histoire d'horreur à l'école. Je me mis dans l'ambiance.

— Eh bien ce qui devait arriver arriva. La vieille Alberta est descendue avec un énoooorme chaudron. Elle m'a expliqué qu'elle allait préparer un bon bouillon et que, quand il serait bien brûlant, elle allait m'y tremper pour me manger toute crue ! Malheureusement, l'alarme de mon portable a sonné et je me suis réveillée de cet horrible cauchemar !

J'explosai enfin de rire mais ce ne fut pas vraiment un rire communicatif ! L'humour ne venait pas illuminer leurs yeux qui me fixaient. Elles étaient, comment dire ? Perplexes ? En tout cas, elles ne comprirent pas tout de suite mais quand leurs yeux se plissèrent, la foudre tomba d'un coup. Inès me dit : « Tu te fous de nous là ou quoi ? » Cette blague avait fait l'effet de la deuxième lame sur ma situation déjà bien en danger.

Je n'avais pas trop réfléchi à leur réaction. En me faisant plaisir, j'avais tout simplement doublé la dose de vexation ! J'avoue que ce n'était pas trop diplomate ! J'essayai tout de même d'effacer l'ardoise avec un large sourire : « Eh oh ! Je plaisante, les filles ! »

Mais râpé, l'éponge était trop sèche. Je n'obtins pas non plus le résultat escompté ; pire, cette tentative de rattrapage ne fit que rajouter un peu plus de colère sur leurs visages. Ce fut la troisième lame d'un rasoir acharné. Brusquement, Inès se leva la première et les autres l'imitèrent. Elle me traita de lâcheuse et de menteuse et toutes les quatre s'éloignèrent de la table. Je restai quelques secondes assise, les yeux larmoyants, en espérant qu'elles changent d'avis, mais je me vis dans l'obligation d'avertir mes parents que je revenais à la maison. J'étais abasourdie, sonnée par le tintamarre des cloches que je venais d'entendre !

Je crois que c'était la première fois que je me disputais avec elles. Plus petites, on se chamaillait pour des poupées ou d'autres jouets, les colères étaient aussi fortes mais vite oubliées. Dans mon lit, je dus essuyer quelques larmes. Je me disais que je m'y étais vraiment mal prise : cacher pour révéler ensuite. Et puis cette blague ! Trop nulle aussi ! En y réfléchissant, cela me fit penser à un couple, quand la méfiance remplace la confiance. Tout le long de mon récit, j'avais vu leurs regards s'éloigner de moi. Elles étaient contre moi, dès la seconde où j'avais dit que j'avais osé quitter la bande et, qui plus est, pour aller voir une personne qu'elles avaient auparavant admirée. Inès l'avait d'ailleurs bien confirmé, j'étais une « lâcheuse » ! D'un autre côté, j'étais déroutée par l'énergie dévastatrice d'une simple étincelle sur un terrain que je croyais ininflammable. Un terrain dénué de confiance mais surtout de sens. Excusez-moi de mon indépendance ! Excusez-moi de vivre ma vie !

Finalement, après le choc, j'estimai que mon attitude, mon caractère, ma personnalité me plaisaient. Je voulais passer au-dessus de ça, surmonter l'obstacle et continuer ma route.

Le lendemain matin au réveil, je me sentais beaucoup mieux. Comme le Phoenix renaît de ses cendres, leurs réactions m'affectaient beaucoup moins que la veille, leurs flammes ne m'avaient pas brûlée ! Ni le bouillon brûlant de la vieille Alberta ! Je pensais même « un mal pour un bien » comme disait ma mère ! Aujourd'hui serait un nouveau jour. Je m'en foutais, moi, je m'aimais !

Au petit-déjeuner, Rosita était de bonne humeur, elle chantonnait « Chaud cacao, chaud, chaud, chaud chocolat ! » d'Annie Cordy. Elle se dandinait en posant sur la table des tasses de chocolat chaud épais qu'elle avait préparé, à la façon espagnole. Si cette potion alourdissait l'estomac, elle avait un effet contraire sur le moral. On aurait dit que Rosita avait deviné que j'avais besoin de réconfort ce matin-là ! Et comme la fenêtre était ouverte, ce bol de bien-être se doublait d'un bol d'air frais revigorant. Le voisin, Pedro, qui passait devant la maison ne se fit pas prier pour rentrer et faire un brin de causette. Il était de nature joviale. Il me faisait toujours sourire avec ses potins de village, ses mimiques et sa voix chantante qui s'envolait. Cependant, ceci ne m'empêcha pas de penser à

Luìs. Le comportement de mon amoureux avec cette fille m'attristait et mon anxiété de la veille refit surface. En un éclair, je me posai mille questions et je me dis qu'il fallait que j'en parle à mon amie Barbara. Je pris mon portable et lui envoyai un petit « Coucou, ça va ? » Elle me répondit aussitôt et m'invita à venir la voir dans l'après-midi, comme je l'avais souhaité.

Ma mère parlait d'aller acheter de l'huile d'olive car il ne nous restait plus que cinq jours au village. Cette annonce des jours restants me ramena immédiatement à l'essentiel pour moi : passer plus de temps avec ceux que j'aimais. Sous le jet d'eau chaude de la douche, cette affirmation devint une certitude : ces filles ne prenaient au fond qu'une toute petite place pour moi et cette conclusion me « lava » d'un peu de culpabilité. Pourquoi m'en vouloir après tout ? Devant le miroir, je relevai mon menton ; mon regard n'était plus celui d'une fille qui s'en veut mais celui d'une fille qui assume ses actions et compte bien finir ses cinq jours en beauté ! Je me fis un beau petit maquillage, peignai mes longs cheveux bruns et me souris avant de quitter la salle de bains, en chantant un air d'Amel Bent que j'aimais bien.

« Je n'ai qu'une philosophie
Être acceptée comme je suis
Malgré tout ce qu'on me dit
Je reste le poing levé
na na na na…
Lever la tête, bomber le torse
na na na na…
Viser la lune, ça ne me fait pas peur. »

- 16 -

L'ami vrai, ce n'est pas celui qui sait se pencher avec pitié sur notre souffrance, c'est celui qui sait regarder sans envie notre bonheur.
GUSTAVE THIBON

— ¡ *Holà* ! Victoria ¿ *Qué tal ?*

Barbara m'accueillit en caressant un chat dans ses bras. La couleur de ce chat blanc neige contrastait avec la couleur noire de son haut en dentelle. Nous allâmes directement vers le piano. Elle tenait à me faire écouter un morceau qu'elle avait répété la veille et voulait que je lui donne mon avis. Mon avis à moi ? Drôle d'idée ! D'accord, je peux remarquer quand quelqu'un fait des fausses notes, mais il ne faut pas m'en demander beaucoup plus !

Elle joua un air que je connaissais pour l'avoir appris plus jeune : « La Marche Turque » de Mozart. C'était incroyable avec quelle légèreté ses longs doigts couraient sur le clavier. Quand elle eut fini, j'applaudis en lui disant : « Super ! » avec admiration. Puis elle déclara : « C'était pour m'échauffer. Voici un autre air complètement différent, écoute. »
— Tu connais ? me demanda-t-elle à la fin.
— Pas du tout, mais c'était vraiment très beau.

— Eh bien, je ne sais pas si tu as vu le film mais c'est la bande originale du « Fabuleux destin d'Amélie Poulain ». Tu pourras essayer, tu verras, c'est très doux.

— Ah oui ! C'est très joli mais je ne suis pas sûre d'avoir le niveau.

— Si tu veux je t'aiderai, je te donnerai toutes les astuces que j'ai ! Bon, maintenant passons aux choses sérieuses, tadam… Je vais te jouer le morceau sur lequel je travaille pour mon concours.

— Waouh ! Vas-y montre-moi ! C'est quoi ?

— C'est la « Danse bohémienne » de Claude Debussy.

Elle installa la partition en face d'elle et comme une professionnelle, ferma les yeux, fit le silence trois secondes et posa ses doigts délicatement sur les touches. Je découvrais la pianiste. Elle jouait comme on raconte une histoire, elle y mettait tout son corps, tout son cœur. Elle m'emportait à cent mille lieues de mes amies et du village… J'étais à sa droite et je voyais ses mains comme caresser les touches et moi, je me demandais ce que je faisais là, à côté d'une pianiste aussi brillante qu'elle.

À la fin, Alberta arriva, comme la dernière fois, avec son plateau de gourmandises. Comment ne pas repenser à ma plaisanterie faite aux filles ! Elle nous fit une présentation de ses petites tartines, toute fière d'elle, puis nous laissa discrètement. Barbara profita de cette pause pour me demander ce que j'avais fait la veille.

Lorsque j'évoquai les jeux de piste qui avaient été organisés, elle voulut tout savoir. Je me fis donc un plaisir de lui donner tous les détails. Je lui expliquai que nous avions fait quatre équipes de six et que chaque équipe avait effectué les mêmes parcours (sauf celle qui organisait le jeu) pour qu'à la fin nous eussions un gagnant.

— Je parie que tu étais avec tes copines du Club des Cinq !

— Heu, non, on s'était dit que c'était bien de changer pour une fois…

— Ah oui ! C'est une bonne idée. Tu étais donc avec d'autres filles ?

— Eh bien…

Mon sourire indiscret et mon explication confuse trahirent ma petite ruse. Elle déclara :

— Qu'est-ce que tu me caches là ? Il n'y aurait pas une histoire de garçon là-dessous ?

Elle avait deviné plus vite que je ne le pensais. Bon, c'est vrai que j'avais très envie de lui en parler, je la considérais maintenant comme mon amie. Je lui répondis d'un hochement de tête et d'un timide sourire. Elle devina que je ne savais pas trop comment commencer alors elle enchaîna aussitôt :

— Allez, raconte ! D'abord, il s'appelle comment ?

— Il s'appelle Luis, lui dis-je. Il est espagnol. C'est un super ami d'enfance mais ces dernières années… on a un peu changé et ce n'est pas tout à fait pareil…

— Eh oui, vous n'êtes plus des gamins, c'est tout !

Elle avait raison, en y repensant c'était ça qui était gênant maintenant entre nous. Nos corps s'étaient transformés, l'humour et les jeux étaient différents, la spontanéité infantile avait laissé place à la réserve. C'est dans ce genre de relations que l'on s'aperçoit que l'adolescence est un passage difficile.

Je lui racontai des échanges dignes de vrais copains dans le cadre du jeu, nos réflexions, nos hésitations et nos rigolades.

Mais, perspicace, elle me dit :

— Ne me dis pas que vous ne vous êtes pas retrouvés tous les deux à un moment du jeu, ne serait-ce qu'une minute ou même quelques secondes ?

— Oui c'est vrai qu'il y a eu un épisode embarrassant.

— Ah ! Ben voilà !

— En fait, nous avions pris de l'avance pour monter une rue et nous nous sommes donc retrouvés côte à côte en haut, personne ne nous voyait. Il m'a regardée longuement et m'a bousculée doucement d'épaule à épaule. J'ai eu un sérieux doute, me demandant s'il voulait me taquiner comme d'habitude ou me dire quelque chose. Comme son regard m'avait un peu troublée, j'ai voulu casser l'ambiance en râlant et l'ai poussé également. Il s'est mis à me chatouiller et moi je l'ai tapé, enfin bref nous sommes revenus en enfance mais avec l'innocence en moins. À la fin, il m'a attrapée à bras-le-corps par derrière afin que je ne puisse plus bouger et il est resté comme ça au moins trois secondes… Trois secondes délicieuses et bouleversantes. Ensuite, les autres en bas ont crié pour savoir si on avait trouvé quelque chose et ils nous ont rejoints. S'il n'y avait eu personne, peut-être qu'il m'aurait parlé, je ne sais pas. Mais bon, voilà, c'est tout.

— C'est tout ? Mamma mia… Tu rigoles !

— Je ne sais pas… Tu sais, on est de bons amis alors cela ne veut peut-être rien dire.

— Oui, c'est ça, il faut garder ton sang-froid ! Ton masque de fer quoi ! me dit-elle en riant. Je ne suis peut-être pas spécialiste car je n'ai pas d'amoureux et suis sans doute très fleur bleue, mais je regarde des films d'amour et là je te dis que ce n'est pas un comportement d'ami et qu'il a vraiment failli se passer quelque chose de plus important !

— Ouais, faut pas s'emballer… Tu sais, je côtoie pas mal de garçons et je vois bien qu'eux par contre, ils ne sont pas très fleur bleue comme tu dis ! Ils se comportent différemment quand ils draguent, on le remarque direct, ils sont du genre… relou, tu vois ? En plus là, il y avait une autre fille qui lui tournait autour, alors…

Barbara, pensive, me répondit :

— Qu'est-ce que tu en sais ? J'ai lu un livre dernièrement qui explique que les relous, comme tu dis, sont ceux qui n'ont pas de sentiments profonds, ils veulent aller droit au but. Mais les autres… Ils prennent plus de précautions de peur de se faire rembarrer… Et c'est à ce moment-là qu'ils adoptent le masque du super copain. Tu sais, il y a chez les hommes comme un « code d'honneur », genre le romantisme c'est un truc de nanas. Alors hop ! On met le masque mais on n'en pense pas moins ! Et même, on peut prendre le masque du mec qui fait semblant d'être amoureux d'une autre pour rendre jalouse celle qu'on vise ! Qu'est-ce que tu penses de cette théorie ?

Et voilà, nous revenions, sans le faire exprès, sur le sujet que nous avions abordé avec les filles la dernière fois : notre réflexion sur les apparences. À croire que tout est apparence dans ce monde ! Je me demandai comment j'apparaissais aux yeux de Luìs, de Barbara ou de mes amies !

— Je ne sais pas… Quoi qu'il en soit, dans le doute, je ne veux pas montrer que j'ai un penchant pour lui car, si lui n'éprouve rien pour moi, je ne voudrais pas me prendre un râteau, tu comprends ?

— Hum, hum… Le problème, c'est que si vous portez tous les deux des masques, chacun rentrera chez lui comme après un bal masqué, c'est-à-dire frustré de n'avoir pas su avec qui il avait dansé !

— Je vois ce que tu veux dire : il faut savoir prendre des risques pour réussir dans la vie !

— Je dis ça, je dis rien ! Tu vois, moi, par exemple, je me risque à faire un concours ; dans le pire des cas, je ne serai pas reçue. Je me dis que le plus ridicule dans l'histoire ce serait de regretter de ne pas avoir tenté quand c'était le moment parce qu'après c'est souvent trop tard ! Alors dévoile-toi et si tu prends un râteau, tu t'en relèveras et tu iras voir ailleurs !

— Bonne réflexion, très chère amie ! Je vais donc peut-être penser à me mettre en danger ! répondis-je d'un ton cérémonieux.

— Cette règle ne vaut pas que pour l'amour, elle vaut aussi pour tous tes rêves !

— Oui…

Je restai pensive. Cette phrase me ramenait étrangement à ma réflexion devant la statue de Don Quichotte. Comme une leçon qu'on te rabâche !

Et puis, je pensai à cette notion de risque.

— Au fait, en parlant de risque… Hier, il s'est passé un truc de dingue avec la bande des filles ! Faut que je te raconte !

Je m'étais dit que je ne lui rapporterais pas ce qui s'était passé et leurs réactions. Mais après tout, j'ai pensé qu'à une amie, on devait tout dire et que Barbara devait savoir comment les filles la considéraient. Elle rit beaucoup de ma blague et me dit qu'elle ne s'étonnait pas de leur méchanceté, ayant un peu ressenti cette négativité en elles.

— Mis à part leurs caractères et leurs jugements, vous sembliez bien vous entendre, c'est dommage de perdre des amies pour des enfantillages !

— Je trouve comme toi que ce sont des enfantillages, mais pas pour elles : elles m'ont quand même traitée de lâcheuse et de menteuse !

— Dans un sens, tu n'as pas été sincère et ce n'est pas le comportement d'une amie, mais d'un autre côté c'était pour protéger votre amitié. Si elles ne te comprennent pas et ne te pardonnent pas, ce n'est pas non plus le comportement d'amies. Tout le monde commet des erreurs… Je ne veux pas tirer de conclusions mais…

— Oui, je vois exactement ce que tu veux dire et tu as tellement raison !

Cette journée avait été très constructive pour moi. Je ne sais pas pourquoi cela me fit penser à ma grand-mère paternelle quand elle avait été opérée de la cataracte : « Tout est si clair maintenant ! » m'avait-elle dit. C'était ça, on m'avait enlevé un voile opaque sur les yeux. Beaucoup de choses se bousculaient en moi. D'abord, la musique prenait de plus en plus de place dans mes pensées. Ensuite, j'y voyais plus clair sur les liens entretenus avec ces filles que je croyais être les liens de l'amitié. Et enfin Luìs : entre l'amour et l'amitié, il restait encore des zones d'ombre à éclaircir.

Aussi, sur le chemin du retour, tout en fredonnant l'air de la musique jouée par Barbara, je me repassai le film de la petite bousculade. Le regard de Luìs se figea dans ma mémoire comme on ferait un arrêt sur image et je l'examinai pour l'analyser en détail. Et si Barbara avait raison ? Un masque est si pratique à porter au lieu d'affronter les choses en face.

Avoir des sentiments amoureux n'est pas chose facile à assumer… Et si c'était vraiment vrai ?

17

𝓛'allégresse me ramena à la maison comme une somnambule. Mais d'un coup, Diego me tira de ma rêvasserie. C'était un garçon grassouillet qui transpirait et rougissait facilement mais cela ne l'empêchait pas d'être sûr de lui pour faire du baratin aux filles. Il me faisait rire avec son air dépité.

— Pourquoi tu souris comme ça ?

— Ben, pour rien, je sais pas… (Oups, j'avais l'air bête maintenant)

— T'as pas vu Mateo ? Je le cherche partout, j'ai un truc à lui dire, pfff… Ah au fait, t'as appris pour Luìs ?

— Appris quoi ?

Inquiète, je m'attendais au pire : soit il avait un problème de santé, soit un besoin impérieux de partir du village, soit il avait une fille, soit je ne sais pas quoi d'autre d'horrible.

— Enfin plutôt ses parents : ils ont joué à un jeu télévisé et ont gagné un voyage en Thaïlande de quinze jours.

— Tu m'as fait peur ! Ah oui… Je suis contente pour eux…

— Ah ouais, c'est cool. Moi, si je gagnais, j'ai une petite idée de la personne à qui je demanderais d'en profiter avec moi…

Il sourit vicieusement.

Eh non, Diego, je ne te ferai pas le plaisir de te demander : « Avec qui ? » car je sais que tu répondrais : « Avec toi ! » Comme cela ne m'intéressait pas et que je ne voulais pas le vexer, je coupai court en lui disant que j'étais pressée. Inès avait raison : comme il pouvait être relou parfois ! Drôle de façon de draguer ! Enfin, l'essentiel, c'était que j'étais soulagée de ne pas avoir entendu une mauvaise nouvelle. Cette annonce ne m'avait rien apporté alors je me replongeai dans mes douces pensées jusqu'à arriver à la maison sans, malheureusement, avoir trouvé une stratégie meilleure que celle de Diego… Mais oui ! Aussi maladroite qu'elle pût paraître, je pouvais peut-être copier cette méthode : me servir de ce sujet pour amorcer une conversation avec lui… À réfléchir !

À quinze heures débutait la seconde partie du jeu. Sur les conseils de Barbara, je ne me décourageai pas et me rapprochai exagérément des trois autres participants du groupe en me concentrant sur les missions. Nous avions d'abord préparé pendant une heure des circuits pour les autres. Les indications étaient données en espagnol. Nous avions cherché sur internet des synonymes compliqués aux mots pour donner un peu plus de piment. En outre, sur le terrain, nous leur imposions des chemins sinueux et des passages difficiles d'accès. C'était drôle de voir les plus petits se prendre au jeu, investis corps et âme comme des Indiana Jones ! Ils devaient monter aux arbres, traverser des petits cours d'eau ou passer par-dessus des clôtures. Ils revenaient essoufflés, transpirants mais tellement heureux ! Mateo filmait avec son portable et je serais curieuse un jour de regarder tous ces moments cocasses !

Il avait été ajouté des épreuves intermédiaires ! Des épreuves à effectuer le plus rapidement possible. Tout ça était bien sûr chronométré ! Cela nous faisait penser à une émission télévisée ! Mes petites contrariétés avaient été un peu oubliées grâce à ces parties de rigolade.

Du côté de notre équipe, on avançait bien. Et surtout, je communiquais de plus en plus avec mon ami d'enfance, Serena n'apportant rien de pertinent au jeu malgré tout le mal qu'elle se donnait. Pour la première fois après des années de quasi-séparation, il me parlait. Serena disparaissait progressivement de notre espace. Je ressentais chez lui une volonté évidente de se rapprocher de moi et pour cela, tous les prétextes d'échange étaient bons. J'aurais pu être déçue car le temps fait évoluer les idées des gens et donc leur caractère. Mais bien au contraire, je me rendais compte qu'il n'avait pas changé, que sa façon de penser correspondait toujours à la mienne. C'était comme si, à tour de rôle, l'un jouait la musique et l'autre chantait la chanson. Ces retrouvailles avaient eu une fonction de test pour vérifier si la voix du chanteur se fondait bien avec la musique jouée. Et le résultat se révélait plus que positif. Nous riions du même humour, nos idées s'égalaient et se complétaient.

Notre équipe termina deuxième derrière celle de Mélissa. Inès tenta d'insinuer des présumées tricheries mais comme personne ne pouvait les prouver, elle resta avec sa rancœur. Sinon, entre le plaisir de découvrir, l'excitation de la course, les maladresses des uns ou des autres et l'envie de gagner, tous les participants s'accordaient à dire que ces après-midi avaient été « trop bien » ! Certains avaient fait la connaissance de nouveaux camarades, d'autres avaient redécouvert leurs anciens amis. Quant à moi, j'étais tout de même partagée entre connaissance et méconnaissance. Le doute par rapport aux sentiments de Luìs pour moi me déstabilisait et me bloquait.

Cette fille avait représenté l'élément perturbateur et fâcheux de ces journées. Je ne suis pas quelqu'un de facile à convaincre.

Au dîner, les garçons vendirent la mèche à ma mère concernant la dispute avec mes amies, je lui expliquai rapidement la situation. Elle prit cette annonce comme une catastrophe planétaire. Elle m'avait tellement vue scotchée à ces filles tous les étés qu'elle ne pouvait imaginer que je ne les fréquente plus. Elle se proposa même de m'aider en disant qu'elle pouvait parler à leurs mères respectives. Je la comprenais, elle était aussi embêtée par rapport aux relations entretenues avec leurs propres parents. Mais je la stoppai illico dans son élan de générosité !

Ah les parents !

Eh oui, je n'avais plus d'amies ! Et à cause du regard de compassion que m'envoya ma mère, j'eus un petit pincement au cœur. Déjà que j'étais contrariée, cela n'arrangea pas les choses en insistant sur le fait que j'allais être TOUTE seule maintenant ! Je pensai effectivement aux prochaines années sans leur compagnie. On avait tellement passé de joyeux moments ensemble et c'est vrai que c'était dommage que ça s'arrête là. Heureusement Rosita, elle, me réconforta en me répétant ce que m'avait dit Barbara : ces filles n'étaient pas des amies dignes de ce nom en raison de leur réaction. Je repensai à nos échanges au cours de l'année et finalement, avec le recul, je compris que Barbara et Rosita avaient raison. Nous n'étions que des amies superficielles car nous ne parlions pas des vrais problèmes qui nous préoccupaient au quotidien. Elles m'envoyaient des petites blagues ou des photos d'elles. Des photos qui n'avaient que le but de me rendre jalouse.

M'appelaient-elles pour discuter un peu ? Non. Alors, à quoi bon s'attrister ?

Pour rassurer ma mère, je lui dis que ma nouvelle camarade, à l'origine de la dispute, se trouvait être la nièce de quelqu'un du village : Madame Alberta. Et cette nouvelle lui redonna vraiment le sourire. S'ensuivit un long récit sur des souvenirs d'enfance avec le père de Barbara. Ils avaient le même âge et s'étaient donc bien connus. Je notai dans ses yeux brillants une petite nostalgie du bon vieux temps. Elle me décrivit un garçon qui se distinguait par son intelligence et son caractère posé. Elle avait appris ensuite qu'il était parti faire des études de droit à Paris. Elle me dit : « C'est drôle la vie quand même : qui aurait dit que nos deux filles se rencontreraient ? » Je ne lui parlai pas pour le moment de nos « séances de piano ». La conversation se termina donc sur une bonne note pour ma mère qui se réjouit à l'idée que sa fille ne finirait pas ses vacances TOUTE seule !

18

Et dès que je l'aperçois
Alors je sens en moi
Mon cœur qui bat
« LA VIE EN ROSE », CHANSON PAR ÉDITH PIAF

*I*ls partirent tous en soirée comme d'habitude et je me retrouvai seule dans la maison. Leur présence fut remplacée par un fond sonore de musique et d'éclats de voix. Je pris mon portable et mes écouteurs et me laissai tomber lourdement dans le fauteuil. Je me dis que j'allais écouter de la musique gaie pour effacer ma tristesse. Je n'étais pas triste à cause des amies d'enfance, j'étais triste à cause de Luìs. Cette fille m'avait désorientée. J'avais des doutes. Bien sûr, je n'avais remarqué cette apparente complicité que dans le cadre du jeu mais se pouvait-il qu'ils se voient en cachette ? Cette Serena ne m'inspirait pas du tout. Son désir de séduction était évident et ça, je savais que c'était dangereux. Je commençais à me dire que mon rêve n'était finalement que désillusion. Qu'il faudrait peut-être que je songe à arrêter d'espérer et que Don Quichotte parlait peut-être d'autre chose. Sur mon fauteuil, une musique entraînante dans les oreilles, je me dis : « Allez, dorénavant, tu arrêtes d'aimer les gens qui ne t'aiment pas ! »

Levant le nez, je jetai un œil par la fenêtre à côté de moi et j'assistai à une scène à la fois rare et attendrissante : un chat et un chien étaient en train de se faire des câlins. Personne ne passait dans la rue, ils pensaient être seuls. Le chat se contorsionnait contre le chien pour réclamer son affection et celui-ci le lui rendait en le léchant vigoureusement sous l'oreille. Je me dis que, dans ma situation, j'aurais pu mal prendre ce spectacle : voir des amoureux quand notre cœur commence à se briser, c'est comme un couteau dans une plaie. Mais non ! Je les trouvais même craquants tous les deux. Eux au moins étaient heureux en amour ! J'eus même l'idée de les filmer. Je préparai mon portable en mode vidéo et, à pas de velours, me dirigeai vers la porte. Mais lorsque j'arrivai sur le palier, ils me regardèrent et filèrent ensemble dans la même direction.

Je me rendis compte qu'il faisait plus frais dehors qu'à l'intérieur, alors je décidai d'aller m'asseoir sur une grosse pierre plate, devant la maison. Comme des petites notes de musique jouées au piano me trottaient dans la tête, je cherchai des leçons sur internet. C'était la première fois que je regardais ce genre de vidéo et je me concentrai pour bien écouter les conseils donnés dans les tutoriels. Au bout d'une dizaine de minutes environ, je fus interrompue par une ombre qui s'attardait devant moi. Au sol, dans l'obscurité, j'aperçus des chaussures claires campées en face de moi. Avec un sursaut, je levai les yeux et je le vis, sans que je l'aie entendu arriver. C'était lui, c'était Luìs.

Il s'accroupit à mon niveau, il ne souriait pas vraiment mais ses yeux brillants et plissés étaient violemment charmeurs. Ses parents qui avançaient un peu plus loin dans la rue, se retournèrent pour nous saluer. Sa mère envoya un clin d'œil bien marqué à son fils en lui criant en espagnol :

— Je suppose qu'on ne t'attend pas Luìs ! De toute façon, tu as la clé pour rentrer !

J'étais très gênée par ce signe, mais bon, je tentai de me maîtriser en me disant que les parents sont tous pareils : ils veulent toujours paraître « super cool » ! Ils s'éloignèrent en souriant. J'étais prête à m'en amuser mais le silence revint d'un coup et mon trouble avec. Luìs replongea son regard profond dans le mien et tout bas, il me dit :

— Vic, j'ai quelque chose à te demander.

Peut-être un peu trop pragmatique, je lui répondis froidement :

— Bien sûr, Luìs, tu as besoin d'un service ?

— Non, ce n'est pas un service, déclara-t-il tout en s'asseyant devant moi.

Pourquoi s'asseyait-il pour demander juste un truc ? Afin de ne pas paraître trop embarrassée, j'essayai d'éviter ses yeux. Je dis à mon cerveau de penser à la belle couleur grise de son t-shirt de deux tons mais mon cœur scannait l'allure générale et trouvait ce garçon tellement séduisant habillé comme ça ! Et puis j'adorais son collier noir sur son cou couleur caramel, j'adorais son bracelet de cordelettes entrelacées sur son poignet viril, bref pas facile de se maîtriser… Le pire… C'était son parfum… Du miel pour les abeilles. Il me piégeait cruellement car il éveillait en moi quelque chose de nouveau qui s'appelle le désir. C'était la première fois que je me sentais aussi désemparée devant lui. Était-ce l'effet de la nuit qui faisait tout paraître plus… intime ?

Cependant… Il ne souriait toujours pas. Cela avait l'air sérieux. Était-ce en rapport avec cette Serena ? Alors là, je voulais bien être la copine sympa mais je ne ferais rien pour elle ! Faut pas pousser mémé dans les orties cher Monsieur ! Après être installé, il prit une inspiration et reprit.

— Bon, je t'explique : mes parents ont gagné un voyage en Thaïlande.

— Ah oui ! Diego me l'a dit aujourd'hui, c'est cool ça !

J'avais répondu d'un air enthousiaste mais elle commençait à m'agacer cette histoire de voyage. J'étais contente pour eux mais on n'allait pas en faire une affaire d'État ! Ce sont des choses qui arrivent tous les jours ce genre de malheur, non ? À moins qu'ils ne puissent pas y aller et qu'ils me l'offrent parce qu'ils ne connaissent personne d'autre à qui l'offrir ! Ha ha ha ! Mais je n'eus pas trop le temps de m'inventer d'autres histoires car il continua :

— Oui, je suis heureux pour eux car ils ne sont jamais partis aussi loin. Mais en fait, j'ai remarqué que les dates qu'ils ont choisies correspondent avec celles des vacances de printemps de la zone de Bordeaux.

Qu'est-ce qu'il me racontait là ? Alors là, je ne comprenais rien. Quel était le rapport entre les deux événements ? Ils voulaient vraiment nous céder ce voyage ou quoi ?

— Bon, je ne sais pas si c'est une bonne idée mais je me jette à l'eau. Euh, déjà… J'ai leur accord… Il ne reste plus que… Le tien et celui de tes parents.

Il s'était « jeté à l'eau » mais je ne le voyais toujours pas, à croire que je nageais en eaux troubles ! Je fronçai les sourcils et lui dévoilai ma cécité.

— Heu… Excuse-moi mais je comprends pas trop ce que tu veux dire…

Il regarda derrière lui comme pour prétexter qu'il était dérangé par le bruit de la rue et en profita pour s'approcher de moi, accompagné de son irrésistible parfum.

— Eh bien, comme je serai tout seul à l'appartement de Madrid, je leur ai demandé si je pouvais t'inviter à passer les vacances avec moi.

La nouvelle me laissa d'abord interdite. Qu'est-ce qu'il voulait dire ? Il m'invitait à passer des journées et des nuits avec lui ? Ah ! Mais non ! Puis je me raisonnai : il veut dire qu'il veut en profiter pour faire la teuf et il a dû inviter d'autres personnes, c'est sûr ! Fais pas ta fleur bleue ma vieille ! Redescends sur Terre !

— Ah OK et il y aura qui d'autre ? dis-je en faisant mine d'être enjouée.

Cette fois-ci, c'est lui qui montra son embarras en mordant sa lèvre inférieure, puis il se rapprocha et avec son bel accent espagnol, me dit :

— Personne d'autre que toi.

D'abord, mon cœur fit un bond dans ma poitrine et mon sang remonta d'un coup de mes pieds à ma tête ! En même temps, je me reculai. Je pense que j'étais en apnée car je dus ensuite reprendre une longue inspiration. Quant à lui, il me regardait avec des yeux brillants et interrogateurs. Ensuite, dans l'expiration, mon cerveau fit une analyse accélérée de la situation. Est-ce que mon impression était faussée parce que j'étais amoureuse et qu'en fait c'était juste une invitation à une amie d'enfance pour lui tenir compagnie ? Ou était-ce vraiment le sommet de l'Himalaya ?

Complètement paumée, j'allais lui demander des explications quand il m'épargna le probable bafouillage en reprenant la parole.

— Je sais que tu connais cette ville, mais moi encore mieux alors je te ferai découvrir des quartiers que tu ne connais sûrement pas ! Et le soir ! Tu verras, le soir c'est vraiment cool !

Voilà, j'en étais sûre ! C'était mort pour le scénario amoureux. J'avais bien en face de moi le copain hyper sympa et en plus guide touristique. Je pris encore une douche froide mais celle-ci était glacée après l'émotion précédente ! Le feu de mon cœur et de mon corps s'éteignit brutalement. Je l'entendais me citer des lieux mais moi, je ne l'écoutais plus. Tous mes rêves défilaient dans ma tête à la vitesse de la lumière et s'éteignaient en fumée dans le grand brasier, pouf ! Je souriais et hochais la tête pour lui faire plaisir. À force, il me fit même de la peine à me raconter tout ce qu'il voulait me montrer. J'avais envie de lui dire : « Stop, laisse tomber, je n'irai pas. » À court d'idées et ne me voyant pas réagir comme il l'espérait peut-être, il me dit :

— Enfin voilà, donc tu réfléchis tranquillement et tu me donneras ta réponse quand tu voudras.

Je pensai d'un coup à Barbara et décidai de prendre la parole. Aussi masochiste que cette démarche puisse paraître, il me fallait une réponse claire et nette sur ses intentions.

— Mais Luìs… Je ne comprends pas bien… Pourquoi moi ? Tu as certainement d'autres amis, filles ou garçons ?

Néanmoins, je ne m'attendais pas du tout à ce qui allait suivre. Ses mains prirent les miennes et ses yeux plongèrent profondément dans les miens. Mais qu'est-ce qu'il faisait là ? Il voulait m'hypnotiser ou quoi ? Avec ce contact, mon corps se remit en mode « choc émotionnel » : je tressaillis. Puis il se rapprocha de mon oreille et dans un souffle chaud, il dit très lentement :

— Victoria, tu ne te doutes pas ?

Mon prénom prononcé comme ça par celui que j'aimais me fit un effet incommensurable. C'était la flèche de Cupidon. Ses lèvres à mon oreille vinrent effleurer peu à peu ma joue avec tendresse. Je perdis tous mes moyens. Je fermai les yeux et un tourbillon vertigineux m'entraîna ensuite dans un rêve merveilleux. Je crois bien qu'un sourire béat s'accrocha à mes lèvres jusqu'au petit matin.

19

Fais de ta vie un rêve, et d'un rêve, une réalité.
ANTOINE DE SAINT-EXUPÉRY

$\mathcal{B}$arbara, stupéfaite, m'écoutait parler, bouche bée.

— ¡ *Dios mío* ! Comme on dit ici ! Mais c'est énooorme cette histoire ! C'est comme un conte de fées ! Je suis trop contente pour toi !

— Oui c'est ça, mon rêve s'est réalisé au moment où je l'attendais le moins et moi, j'ai du mal à réaliser ! Ces derniers temps, j'ai eu tellement de doutes ! J'ai tellement rêvé de conversations comme celle-là mais là vraiment, je n'y croyais plus ! Si un jour j'en ai l'occasion, il faudra que je lui demande si ce suspense qu'il m'a fait subir était volontaire ou pas !

Barbara partageait mon bonheur, cela se voyait, elle n'arrêtait pas de dire que c'était « génial » et ses yeux étaient transparents de sincérité. Une réaction à laquelle je n'étais pas habituée. J'imagine tout à fait comment auraient répondu mes amies, elles auraient bien dit « génial » mais avec un ton beaucoup moins exalté, et même plutôt avec de la jalousie dissimulée. C'est-à-dire, effectivement, en portant un masque…

— Bon eh bien au final, c'est lui qui a pris le risque du râteau !

— C'est ça ! Et il a eu tellement raison !

— Et donc, tu as pu en parler à tes parents, de Madrid ?

— Aïe, non, là par contre, je redoute le cauchemar après le rêve !

— L'avantage, c'est que tu auras dix-huit ans l'année prochaine !

— Oui et l'inconvénient, c'est que ce sera l'année du Bac ! Mes parents ne voudront jamais ! Comme tu l'as dit c'est trop énooorme ! Une semaine avec un garçon déjà c'est une couleuvre à leur faire avaler mais en période de révision, c'est un boa !

Nous étions silencieuses, cogitant à propos de la situation tout en grignotant des cookies préparés par Alberta. Barbara se redressa de son fauteuil, toussa un peu pour éclaircir sa voix et me dit :

— OK, réfléchissons, ce qu'il faut après tout c'est juste la confiance de tes parents dans les deux problèmes : le séjour en amoureux et tes révisions.

— Oui, ça paraît simple dit comme ça !

On voyait bien que Barbara voulait coûte que coûte trouver une solution à mon problème. Son intention était sincère mais je me disais que cela ne servait à rien vu qu'à la fin, ce seraient mes parents qui trancheraient.

— Alors d'abord, il faut montrer votre attachement l'un pour l'autre, il ne faut pas vous cacher. S'ils voient que vous êtes inséparables et surtout qu'il est sérieux, ils trouveront ces vacances presque « logiques » (elle fit les guillemets avec ses doigts), n'est-ce pas ?

— Oui peut-être… mais cela veut dire qu'il faut que j'attende avant de leur en parler.

— Ah oui ! Je te le conseille ! Si tu leur demandes dès à présent, ils vont penser au pire !

— Heu, ouais, c'est vrai que ce serait un peu comme un cheveu sur la soupe…

— Bon, tu vois, on est d'accord sur ce premier point. Ensuite, les études. C'est un peu pareil. Il faut que tu montres que tu sais concilier les révisions avec les coups de fil que tu auras de lui par exemple.

— Bien vu… C'est vrai qu'en y repensant, nos contacts ne seront que téléphoniques après les vacances…

— Raison de plus ! Tu leur montreras combien tu révises sérieusement jusqu'au mois d'avril !

— Oui, tout ça est cohérent : montrer que je suis sérieuse, ça peut marcher.

— Mon père dit souvent : « À cœur vaillant, rien n'est impossible » et que « tout est en nous, il faut juste l'exploiter d'une façon raisonnée et raisonnable ! »

— Merci Barbara, merci beaucoup de ton aide.

— Mais c'est normal quand on est… amies ! me fit-elle reconnaître.

Je réalisai, une fois de plus, son aide cruciale dans cette période de ma vie. Qui aurait eu cette conversation avec moi pour m'aider à y voir clair et surtout à trouver une solution à mes problèmes ? Sans elle, c'est certain, j'aurais foncé droit dans le mur ! Le nez complètement écrasé, défiguré, ensanglanté sur le mur ! J'aurais pleuré peut-être et aurais eu du mal à m'en remettre ! En fait, elle me montrait ce mur que je ne voyais pas, m'en déviait et me guidait vers le bon chemin comme un ange gardien.

Nous allâmes nous asseoir au piano. Comme elle sentait que je cherchais à m'améliorer, elle installa le métronome pour perfectionner mon rythme. Nous écoutâmes des airs en battant la mesure avec nos mains. Je me surpris à adorer cet exercice. Ensuite, elle me parla des gammes. Elle me tendit un bouquin et me dit que si je les travaillais, je pourrais gagner en vitesse et ainsi me familiariser avec l'harmonie. On aurait dit qu'elle voulait m'enseigner tout ce qu'elle avait appris mais en plus concentré.

— Et puis, tu sais que même la posture est importante ? Tout compte : la position du bras, de l'avant-bras, la souplesse du poignet et le doigté. Je vais t'expliquer.

Elle décomposa chaque étape bien mieux que la prof que j'avais eue plus jeune. Mais au bout d'un moment, de peur que je ne prenne ces enseignements comme de stricts cours particuliers, elle détendit l'atmosphère en jouant « La truite » de Schubert d'une manière complètement loufoque. Une finale récréative de pur n'importe quoi ! On chantait à tue-tête : ta ta ta ta ta taaaa !!! Alberta nous vit en passant et sourit tout en semblant nous admirer. Je me demandai ce qu'elle devait penser de moi (surtout quand je faisais l'idiote) mais son doux sourire me rassura. Je me sentais de plus en plus à l'aise chez elle et surtout je prenais beaucoup de plaisir à m'améliorer tout en m'amusant.

Au déjeuner, je n'avais pas très faim, anxieuse en raison du compte à rebours qui était donc lancé : il ne restait plus que cet après-midi et demain si je voulais donner une réponse à Luìs avant notre départ ! Mon père remarqua ma préoccupation et me lança : « Tu es amoureuse ou quoi ? » Je me dis : « Bon, ma vieille, t'es obligée de sauter à pieds joints sur l'occasion ! » sans toutefois « mettre les pieds dans le plat » puisque nous étions à table… ! Bref, mes idées s'embrumèrent un instant car je ne savais comment m'y prendre mais je retrouvai de l'aplomb d'un seul coup en voyant mon frère Hugo qui commençait à se moquer.

— Alors, premièrement, si je n'ai pas faim, c'est que la tante de Barbara, dont je t'ai parlé, nous avait préparé plein de choses à grignoter quand j'y suis passée tout à l'heure. Et, deuxièmement, qu'est-ce que tu dirais si je l'étais ?

Tout le monde autour de moi se figea comme les statues de la Plaza de España en me regardant. La mâchoire de mon frère se bloqua en mode bouche ouverte et sa fourchette resta en suspens. Mon père, qui était presque en face de moi, s'accouda à la table et m'aborda à la façon du père protecteur :

— Si tu l'étais… amoureuse, tu veux dire ?
— Oui, pourquoi pas ?

Je vis mon frère poser sa fourchette et donner un coup de coude à Lucas. Mon père qui, lui non plus, ne s'attendait pas à cette réplique, s'exclama :

— Mais… Oui, pourquoi pas ? Y'a pas d'mal ! Bien sûr, c'est de ton âge ! Mais c'est dommage que ça te coupe l'appétit, par contre !

Mon frère, curieux comme une fouine, posa directement la question :

— Mais c'est qui ? On le connaît ?
— Eh bien… Vous le verrez bientôt !

Après cette annonce, je craignis de m'être un peu trop avancée. Prendre des risques oui il le faut, mais… Si Luìs changeait d'avis ou je ne sais quoi ?

151

Dans tous les cas, j'étais contente de moi car il fallait le leur dire au plus tôt et voilà, c'était fait. En débarrassant la table, j'essayai de ne pas laisser paraître l'état d'euphorie dans lequel j'étais depuis que Luìs m'avait souhaité une bonne nuit hier soir, dans un long baiser. J'étais comme sur un nuage rose et sucré errant dans un ciel agité ou comme un chamallow dans un verre de soda. Et cet état s'accrut avec la réception d'un message, un « mot doux », comme on dit. Il m'invitait à prendre une boisson au bar.

20

Tu seras
Mon futur à présent
Mon chemin face au vent
Pour vivre à tous les temps, tu seras
Mon futur à présent
Pour vivre en frères de sang
L'amour à tous les temps, tu seras

« TU SERAS », CHANSON PAR EMMA DAUMAS

*N*ous nous retrouvâmes comme prévu à une table sur la place. J'appréciais que Luìs veuille afficher notre relation dès maintenant. Ses premiers mots furent pour me complimenter puis la conversation s'allégea avec des banalités. Tout comme moi, je pense qu'il éprouvait une certaine timidité causée par l'émotion. Le fait de parler tels deux amis faisait disparaître ce poids.

L'humour ôte pas mal de barrières !

— Tu te rappelles quand on était petits ?

— Oui, que de bons souvenirs !

— Moi, je ne voyais que toi comme fille, avec tes couettes de chaque côté !

Il mimait un personnage enfantin en ouvrant grand ses yeux et en secouant la tête.

— Arrête de te moquer !

— Mais pas du tout ! T'étais toute mimi !

— Et la fameuse scène du toboggan !

— Ah oui ! Trop drôle ! Tu étais rouge comme une tomate et tu faisais une de ces grimaces !

— Ben, j'avais peur que tu aies vu ma culotte !

— Je ne crois pas sinon cela m'aurait choqué… Non, je veux dire plutôt : marqué ! Enfin… Bref.

C'est pendant notre éclat de rire que Pablo arriva. Il fixa avec insistance nos deux mains qui se tenaient sur la table et fit des gros yeux de surprise à Luìs en lançant un « Alors, les amoureux ! J'vous dérange pas trop, j'espère ? » Luìs lui sourit gentiment alors il s'assit à nos côtés. Il nous apprit qu'il organisait un match de basket dans l'après-midi et il nous demandait si on voulait y participer. Par nos regards complices, nous avons décliné l'invitation.

Moi, j'étais en totale apesanteur. Luìs me proposa une petite balade, je ne sentais plus mon corps à part ma main dans la sienne. Une situation tellement idyllique que je m'attendais à un réveil brutal à tout moment. Nous sortîmes de l'enceinte du village et il m'emmena vers une petite clairière. Au bord d'une rivière qui chantait (comme disent les poètes !), quelques rochers nous invitaient à faire une pause. Il m'incita à m'asseoir en face de lui. L'attitude générale de Luìs baignait dans la douceur. Il souriait constamment et ses gestes étaient délicats. Nous passâmes l'après-midi à nous remémorer des souvenirs d'enfance qui nous avaient marqués. Les fondements du passé pour en arriver à aujourd'hui, ce jour béni qui mettait un point final à une histoire ancienne mais qui proposait une nouvelle phrase, un nouveau paragraphe pour peut-être une nouvelle histoire.

À notre retour, tous les jeunes étaient revenus dans les bars et toutes les paires d'yeux se dirigèrent sur notre couple. Pablo nous fit un compte-rendu du déroulement de la partie de basket. Apparemment, l'annonce de notre relation avait produit l'effet d'une grosse pierre jetée dans l'eau. Comme quand l'impact crée un rayonnement tout autour et que la limpidité laisse place au trouble. Certains éléments restent impassibles, mais d'autres sont comme « dérangés ». Et ce dérangement s'est manifesté chez mes ex-amies. Quand Pablo leur avait signalé que nous ne viendrions pas à cette partie car nous passions l'après-midi ensemble « en amoureux », il avait été assailli de questions tant les filles étaient « scandalisées » (c'est le mot qu'il a utilisé) : depuis quand ? Est-ce qu'il le savait avant ? Etc.

C'est sûr, j'imagine bien chacune de leurs têtes : apprendre cela juste après notre dispute ! Je me souviens quand nous parlions des garçons du village. Nous les passions au crible pour les critiquer ou les admirer. Et évidemment… Luís plaisait à l'unanimité, mais en particulier à Inès, il faut bien le dire. Pour ma part, je mettais incontestablement le masque de la modération afin d'éviter qu'elles se moquent de moi tellement il me hantait. À travers nos jeux d'enfants, j'avais découvert un caractère qui s'accordait au mien et plus tard une attirance physique qui me désarçonnait. Il y a des choses que l'on ne peut pas dire, des jardins secrets qui sont nécessaires pour construire un bonheur à venir. Et les quelques années qui nous avaient partiellement séparés n'avaient fait qu'augmenter ces ressentis. Elles avaient dû dire que je leur avais encore menti en ne leur révélant pas mes sentiments pour lui. Eh bien, allez ! Une couche de plus !

Cette fois, c'était « mort de chez mort », il n'y avait plus aucun espoir de réconciliation. Mais le couperet tomba vraiment quand j'arrivai le soir chez moi et que je me connectai aux réseaux sociaux. J'eus l'impression de voir une scène de crime tellement je fus choquée. Inès avait écrit : « Le mensonge est le symbole de la trahison. » (F. Abadie-Gasquin Martin) Bien sûr elle parlait de moi. Sous la citation, on pouvait lire les approbations de ses alliées et aussi d'autres filles inconnues. Voilà, les jurés avaient donné leur verdict : j'étais l'accusée qui avait été reconnue coupable et la « punition » était le bannissement de la meute. Plus la peine d'essayer de me justifier pour espérer un pardon. Cela me choqua sur le coup mais mon amour pour Luìs me fit relativiser leur mépris.

Heureusement, je n'eus pas le temps de souffrir de cette punition car le soir même, je devais me rendre à mon premier dîner en amoureux. Luìs m'avait invitée dans une pizzeria un peu éloignée du bourg.

Je choisis une tenue adéquate pour une soirée romantique, une belle robe élégante qui mettait mon corps en valeur – ce dont je n'avais pas l'habitude ! Je dessinai un trait de crayon noir au-dessous de mes yeux et posai un léger maquillage sur la paupière. J'ajoutai enfin une note de mon parfum préféré pour l'ambiance. Progressivement, j'oubliai mon ex-groupe. Avant ma préparation, je m'étais dit : « Elles me soûlent ces meufs ! » Une fois que je fus prête, elles n'existaient plus. Dans ma tête, une page se tournait naturellement et cela ne m'était pas désagréable. Je savais maintenant que la suite de l'histoire serait plus réjouissante.

21

And can you feel the love tonight
(Et peux-tu sentir l'amour ce soir)
It is where we are
(C'est là où nous sommes)

CHANSON PAR ELTON JOHN

𝒞'est sous une simple tonnelle habillée de glycines mauves que je découvris le romantisme dans toute sa splendeur. Le soleil s'était couché. Un fond musical de douces chansons espagnoles et une lumière tamisée dans la pénombre nous invitaient à l'intimité. Mon parfum ? Je ne le sentais plus. Il n'y avait que le sien qui m'enivrait. J'aurais voulu fermer les yeux pour mieux capturer et figer cet instant dans mon esprit. Mais j'aurais privé ma vue de ce que les autres sens appréciaient avec délice.

On aurait dit que Luìs avait réservé cette petite terrasse rien que pour nous car il n'y avait personne d'autre à côté. En plus la table était minuscule, ce qui facilitait notre proximité. La flamme de la bougie rouge qui nous séparait dansait comme une gitane. Une gitane ensorceleuse. Le visage de Luìs s'adoucissait en se fardant d'une couleur cuivrée. Ses yeux étincelaient et m'envoûtaient. Ses lèvres avaient la couleur pourpre de l'amour. Ses pieds étaient contre les miens mais les miens ne me semblaient pas toucher terre. J'avais envie de me pincer pour savoir si je ne rêvais pas… Ce moment allait rester gravé dans mon cœur. Un moment enchanté.

Pour mon grand bonheur, cette béatitude ne m'était pas réservée. Luis semblait, comme cet après-midi, lui aussi un peu troublé par notre intimité. Je décidai de remettre un pied sur terre en lui posant une question. Oui mais laquelle ? Je dis donc n'importe quoi : « Et… Alors, sinon, tes profs étaient cool toi cette année ? » Bon, Victoria avec ses gros sabots était de retour ! Mais finalement ce n'était pas un sujet qu'on avait abordé jusqu'à présent et il enchaîna avec une série d'anecdotes ayant le mérite de faire diversion. Je renchérissais bien sûr avec mes propres histoires et on oublia presque nos blocages affectifs. On apprenait en même temps à se connaître, à s'apprécier en évoquant et en mimant avec humour des scènes singulières. Nos réflexions sur plusieurs sujets nous rapprochaient mentalement. J'avais l'impression d'être en dehors du temps et de notre planète. Les heures défilèrent comme des minutes.

Mais le moulin à paroles tournait de moins en moins vite. Les pales étaient de plus en plus alourdies par cette ambiance feutrée et notre passion cuisant à l'étouffée. Quelque chose devait exploser indubitablement. Luis rompit le silence le premier :

— Moi, j'ai vraiment de la chance !

— Ah bon ? Pourquoi ?

— Parce que je suis avec la plus belle fille du village !

— Waouh ! Tu me flattes !

— « Flatter » c'est quoi ?

Je le trouvais si mignon en demandant ça, si innocent. Je lui expliquai que je pensais qu'il exagérait pour me séduire. Il me répondit que ce n'était assurément pas ça et qu'il le pensait vraiment. Je ne sais pas si je rougis quand il me fit cette déclaration mais j'y crus quelques secondes et cela me remit en totale confiance. Et il continua à me dire ce qu'il aimait chez moi. Je fus invitée à faire de même pour lui et ces échanges étaient déstabilisants, presque flippants. Je suppose que c'est l'effet de l'amour (on ne m'avait pas avertie de ce phénomène !).

La soirée s'acheva deux minutes après qu'on se fut assis. Ne me demandez pas ce que portait le serveur ou si la pizza était bonne, je n'en ai aucune idée !

22

Et même si le temps presse
Même s'il est un peu court
J'irai au bout de mes rêves
Tout au bout de mes rêves
J'irai au bout de mes rêves
Où la raison s'achève
Tout au bout de mes rêves

« AU BOUT DE MES RÊVES », CHANSON PAR JEAN-JACQUES GOLDMAN

Le lendemain, j'allai chez Barbara pour l'avant-dernière fois. Je lui racontai bien sûr ma soirée magique avec Luìs.

Avec Barbara, nous étions de plus en plus complices et complémentaires. Elle était mon côté raisonnable et j'étais son grain de folie. Elle me faisait mûrir, je la divertissais. Chacune trouvait en l'autre son opposé qui faisait sa force. Chacune s'enrichissait d'une onde énergétique nouvelle. Elle était arrivée dans ma vie pour m'aider dans ma transformation.

En comparaison, mon amie Pauline ne m'apportait pas autant. Pendant ces vacances, nous nous envoyions des petits messages mais, je ne sais pas pourquoi, je ne lui avais pas encore appris mon aventure avec Luìs. Je pense que je préférais vivre cette histoire pleinement avant de la lui raconter. Je n'en ressentais ni l'envie ni le besoin.

Je ressentais autant de plaisir à confier à Barbara mes bonheur d'être avec Luìs qu'elle à m'écouter. J'aimais lui faire partager mes joies. Je sentais qu'elle enviait mes activités avec les jeunes de mon âge et aussi mon amour pour Luìs. Elle avait été d'une aide si précieuse pour moi que je voulais trouver un moyen de la remercier. Je voulais lui offrir un cadeau spécial mais pas un cadeau matériel. Je pensais à peut-être la sortir du cadre du château, du piano et de ma seule compagnie. Et, le temps que je passe au petit coin, cette pensée fit son chemin dans ma tête. Pourquoi ne pas la présenter à la bande de Luìs ? Je trouvais cette idée géniale mais accepterait-elle si je la lui annonçais comme ça ? Il fallait qu'elle les rencontre par surprise… Enfin, genre par surprise… Ça y était, j'avais le plan !

Au moment de partir de chez elle, je pris mon masque de la fille qui a une idée soudaine et lui demandai : « Et si on se faisait une pizza demain pour notre dernier jour de vacances ? » De cette manière, en parallèle et en cachette bien sûr, j'organiserais un repas avec les copains à la table voisine. Elle aurait donc « l'opportunité » de faire leur connaissance, sans y être forcée en rien.

Barbara accueillit cette suggestion avec plus d'enthousiasme que je ne le pensais. Elle m'avoua que chez elle, à part à l'école, son père refusait toute sortie, même à son âge. Le fait de ne pas fréquenter ses camarades en dehors du cadre scolaire empêchait toute relation amicale et la marginalisait. Elle vivait pratiquement isolée avec sa musique, sa télévision, ses lectures et n'était jamais sortie avec d'autres personnes que ses parents ou leurs amis. Elle me dit qu'elle se pliait à ces règles car elle ne voulait pas de conflits avec celui qui faisait tant pour elle.

D'un commun accord, nous décidâmes d'annuler notre petit rendez-vous du matin afin de nous voir seulement à midi pour le déjeuner.

L'après-midi, je demandai à Luìs de m'aider à organiser ce petit stratagème. Il me dit : « Es una gran idea ! Tu eres muy inteligente ! » (*C'est une idée géniale ! Tu es très intelligente !*) et il décida de prendre les choses en main. Il m'expliqua que d'un côté, il aurait l'occasion de connaître celle qui avait la chance d'être mon amie (trop mignon) et d'un autre, il était content de présenter une fille à ses copains célibataires (trop gentil). Moi, je croisais les doigts pour qu'ils soient tous disponibles.

Je l'accompagnai voir ses meilleurs copains. Il me fit rire dans sa manière de s'adresser à eux.

— Holà hombres, j'ai une mission à vous confier si vous l'acceptez. Je recherche des prétendants pour une Dulcinée !

Je trouvais drôle l'allusion à la fiancée de Don Quichotte. Il leur expliqua le plan et j'ajoutai qu'il fallait faire attention car elle n'avait pas l'habitude de sortir et donc de voir du monde. Ils semblaient tous partants.

— C'est trop cool comme idée, ça ! Et en plus, nous, on adore les pizzas d'Enzo ! s'exclama Diego.

À part la perspective de ce plan que nous espérions fructueux, notre discussion ce jour-là ne fut pas très gaie. Nous abordâmes le douloureux sujet de notre éloignement physique à venir. Pour ma part, je redoutais cet « après » sûrement déchirant car notre relation commençait à tellement bien se tisser que je ne pouvais imaginer que tout s'effiloche à cause du temps ou, qui sait, d'une autre fille. C'est dur de penser à la séparation quand on est dans le rapprochement. Lui me paraissait moins affecté que moi, il me disait qu'il suffisait que je lui fasse confiance comme il me faisait confiance, et aussi de beaucoup de patience.

Je le trouvais encore plus adorable que je ne l'avais espéré. Et même si nous ressentions de plus en plus le besoin d'être ensemble, nous ne négligions pas les amis, enfin surtout les siens évidemment… Nous allâmes au parc et nous fîmes des parties de ping-pong, de basket et d'autres jeux. Le soir, nous passâmes à la pizzeria pour réserver et leur expliquer notre plan afin que le serveur ne fasse pas de gaffe.

Au moment de m'endormir, je me mis à penser à ce futur séjour à Lisbonne tant attendu qui se rapprochait de plus en plus et qui maintenant m'enchantait de moins en moins. Je me dis : « Si seulement Luìs venait avec moi, tout serait si différent, s'il venait avec moi, avec nous… » Et pourquoi pas ? C'était une piste à envisager, ça ! Ne m'avait-il pas demandé, lui, de l'accompagner à Madrid ? Eh bien, à présent, je n'étais pas prête à trouver le sommeil ! Avoir des rêves c'est facile mais passer à leur réalisation est une autre affaire ! Il fallait que je trouve une solution pour mettre mon plan à exécution, comme une clé qui ouvre la bonne porte. Je n'étais peut-être pas diplomate mais j'étais très imaginative et j'avais donc la tête remplie d'idées en tout genre.

C'est vrai que j'avais déjà prévu de présenter Luìs à mes parents mais là, c'était devenu une nécessité absolue de première urgence prioritaire car primordiale et vitale ! Bref, il fallait que je chope « direct » ma mère, dès le matin au petit-déjeuner. Cette nuit-là ne fut pas des plus reposantes tellement les scenarii se bousculaient dans ma tête. Les heures furent très longues.

Lui ayant à peine dit bonjour, j'abordai le sujet dès qu'elle fut seule avec moi. Je voyais bien qu'elle n'était pas trop réveillée – moi non plus d'ailleurs – mais tant pis. Je lui demandai tout bas si je pouvais inviter mon petit ami au dîner. Cette question fit l'effet d'un jet d'eau sur son visage et c'est complètement réveillée qu'elle me répondit : « Bien sûr, ma chérie, pas de souci ! » Cool, j'envoyai un message à Luìs et celui-ci me répondit aussitôt : « Avec plaisir ! » Allez bim, ça, c'était fait !

Ensuite, Rosita, Charlotte, Christophe et mon père entrèrent dans la cuisine et se mirent à parler de Lisbonne. Au début, je n'y prêtai pas trop attention, préoccupée par le repas de midi : est-ce que Barbara allait apprécier ces voisins de table quelque peu bruyants ? Et puis, j'entendis Christophe qui disait :

— J'ai regardé la DGT, c'est le « bison futé » espagnol. Eh ben pour demain, c'est la cata ! Les routes seront noires de monde partout ! Moi je pense que ce n'est pas raisonnable de partir demain. On ne pourrait pas différer d'un jour ?

Mon père qui avait une sainte horreur des embouteillages l'écoutait en plissant les yeux, son index sur les lèvres en mode « réflexion ». Moi, comme j'avais entendu le mot « différer », cela m'interpellait. Charlotte s'en mêla et dit que si on voulait décaler d'un jour, cela ne poserait a priori pas de problème car l'agence qui nous louait la maison n'était pas à cheval sur les dates d'entrée ou de sortie.

— OK, je vais appeler et donc on repartirait le vendredi au lieu du jeudi, c'est ça ?

— Oui c'est ça, confirmèrent les hommes.

— Ah ouais, cool ! lança Lucas qui arrivait dans la cuisine en baillant.

Bon, il fallait que je continue dans mon délire « battre le fer tant qu'il est chaud ». Oui, c'était le moment « M » d'y croire. Comme dit le chanteur M, justement : « J'étais à des années-lumière de penser qu'un jour, je pourrais y croire… À la belle étoile… » Je guettai le moment où ma mère allait s'isoler pour l'aborder (encore). Elle monta dans les chambres, je la suivis et tremblante, je pris la parole :

— Heu, ben… Du coup, j'ai un autre truc à te demander.

— Un truc, quel truc ? Tiens, aide-moi à plier ce drap, s'il te plaît.

— Bon, heu… C'est au sujet de Luìs.

— Oui… Tu m'inquiètes là… En plus, tu fais n'importe quoi, regarde, t'as fait un pli !

— Ah oui, pardon. Heu, non, non, rien de grave !

— Bon alors, c'est quoi ?

— Ben, tu crois qu'il y aurait une place pour lui avec nous au Portugal ?

— Quoi ? Mais qu'est-ce que tu dis ? Mais c'est le grand amour ! Tu ne peux plus te passer de lui ! En plus, on le connaît à peine !

Elle voulait que je me rende compte combien mon idée était saugrenue mais je ne lâchai pas le morceau.

— Ben, tu sais, après on ne se verra plus avant trèèès longtemps alors… J'avais pensé qu'il pourrait nous accompagner… S'il peut lui aussi, bien sûr ! Je ne le lui ai pas encore proposé, tu vois !

— Hum, oui je comprends mais… Mais, il va falloir demander à ton père d'abord puis, s'il accepte, à notre petite communauté !

— Tu peux lui demander pour moi, s'te plaît, s'te plaît ? Et même, hyper rapidement, s'teup ! suppliai-je avec ma petite voix et les mains jointes devant elle.

Je savais que Luìs devait partir la semaine d'après. Si mes parents étaient d'accord, les siens ne pourraient pas refuser sachant qu'il m'avait invitée en premier chez lui. Sinon, il leur faudrait une raison extrêêêêmement valable !

Quand nous redescendîmes, ma mère attrapa mon père par le bras et ils s'isolèrent dans la salle de bains. Je croisai doigts et orteils dans mon coin. Rosita m'interrogea du regard pour savoir ce qu'il se passait mais je lui dis de patienter. Ils sortirent peu de temps après. Mon père me sourit et s'éloigna pour rejoindre Christophe qui l'appelait avec insistance. Je regardai ma mère et croisai les doigts dans mon dos en attendant le verdict. Elle me fit une grimace triste pour m'indiquer que c'était foutu, je m'attendais à entendre : « Ma pauvre fille, fallait te douter que ton père n'accepterait pas une idée pareille ! » Puis, elle prit une inspiration pour dire :

— Bon, ta demande n'était pas facile à satisfaire, faut te mettre à notre place, c'est tout nouveau, on apprend que tu as un petit copain et aussitôt, tu veux nous le présenter et juste après, l'embarquer avec nous, avec nos amis… Il faut comprendre que ton père aurait préféré plus de temps pour réfléchir et il faut croire qu'il t'aime beaucoup pour ne pas avoir… refusé.

— Comment ça ? Ça veut dire qu'il… accepte ?

— Ben, je crois que ne pas refuser, c'est accepter non ? C'était pas gagné de suite tu sais, j'ai argumenté en disant que la

169

maison semble très grande et qu'il y a des couchages supplémentaires ! Mais attention, c'est à condition que Luìs n'ait pas trop de bagages parce que sinon ça va coincer !

Je lui sautai au cou et en l'embrassant, je la remerciai mille fois et lui dis de remercier papa avant que je le fasse aussi. Elle me dit qu'elle allait me laisser l'annoncer aux autres.

23

Après m'être rapidement préparée, je partis de la maison en courant, me disant qu'il fallait que j'évacue toute l'émotion qui faisait gonfler mes poumons et accélérer les battements de mon cœur. Mes parents étaient géniaux ! La première étape était passée avec succès mais je ne pouvais pas trop le crier sur les toits du village tant qu'il ne m'avait pas dit oui, lui aussi. Dans ma course, je pensai : « Don Quichotte, j'ai gagné une bataille, et je ne me bats pas contre des moulins à vent… Enfin, j'espère ! »

Je fus obligée de m'arrêter quelques secondes, les mains sur les cuisses, pour reprendre une respiration normale. Puis j'empruntai, plus tranquillement cette fois-ci, la route goudronnée qui menait au château pour ne pas me salir par les sentiers.

Quand elle m'ouvrit la porte, je constatai que Barbara s'était habillée « cool », d'un bermuda en jean noir délavé et d'un petit haut blanc tout simple. Quelle métamorphose ! Bien sûr, tenue de circonstance pour un déjeuner décontracté entre amies. Alberta nous fit un petit signe de la main par la fenêtre avec son doux sourire bienveillant.

Sans tarder, tout en marchant, je racontai à mon amie mon extraordinaire projet avec Luìs et mon incroyable avancée dans sa réalisation. Elle partagea ma joie et me dit : « J'admire ton énergie et ta détermination ! Je me demande ce que ça va donner quand tu feras tes bonnes résolutions de début d'année ! » Elle me fit rire, mais je me le demandais aussi !

Je lui dis ensuite, d'un air banal, que Luìs allait manger avec ses potes mais que je ne savais pas où. Une fois arrivées, le serveur nous guida sous la tonnelle et nous présenta notre table qui, comme prévu, était à côté d'une grande table de huit personnes. Le décor était métamorphosé par rapport à l'autre soir avec Luìs. L'ambiance obscure avait laissé place à une clarté presque éblouissante. La même salle mais deux ambiances ! Tout était sobre et pourtant si coloré. Le gris des nappes et des serviettes de table s'égayait en présence de la glycine mauve. Cependant, contrairement à celle de la rue, la température était presque fraîche, ce qui nous incita à nous installer. Une fois assises, nous consultâmes la carte et un SMS de Luìs me prévint de son arrivée imminente avec les autres. Je proposai à Barbara de choisir un cocktail, elle souriait à tout. Son bonheur était apparent.

— Tu sais, je mourais d'envie de me retrouver là, avec toi, comme tous les jeunes, pour partager une pizza. Pour toi c'est rien mais pour moi, c'est tellement… nouveau !

Je lui répondis en essayant de ne pas faire de gaffe :

— Mais… ce n'est qu'un début !

Soudain, notre tranquillité fut troublée par le mélange de plusieurs voix masculines. Le groupe apparut et je vis Luìs en tête. Je pris ma face de fille surprise et lui demandai :

— Eeeeh ! Qu'est-ce que vous faites là ? Tu ne m'avais pas dit que vous veniez ici aussi !

— Non, parce que je ne le savais pas, c'est Alexandre qui s'est occupé de la réservation.

— Ah, une vraie coïncidence alors !

Il ne répondit pas à cet affreux ou beau mensonge et présenta immédiatement les garçons à Barbara. Une idée me traversa soudain l'esprit quand je vis les yeux de Yann sur mon amie : lui avec elle… Ce serait drôle, non ? Dans tous les cas, moi, ça me plairait bien !

Ils prirent place comme prévu et commencèrent à regarder la carte pour jouer la comédie. Barbara ne disait plus rien mais me regardait avec le sourire alors j'en profitai pour lui murmurer :

— Ça te dirait si on se joignait à eux ? Tu sais, ils sont très gentils, ce sont mes amis.

Dans ses yeux, je remarquai l'éclair de l'espièglerie. Après trois courtes secondes, elle me répondit :

— Ben oui, pourquoi pas ?

Les tables furent donc jointes, les verres trinquèrent, les yeux des garçons brillèrent, les voix s'envolèrent : mon plan avait fonctionné. Yes !

Devant la beauté de Barbara, tous les garçons avaient quelque chose à dire pour la séduire, on aurait dit un concours. C'était à celui qui attirait le plus son attention. J'observais Barbara, d'examinatrice elle devenait participative. Et vers la fin du repas, elle se focalisa sur un des garçons : Alexandre. Il n'était, malheureusement, pas tout à fait en face d'elle, mais c'est justement pour cette raison que cela se remarquait. Ils avaient trouvé un sujet de conversation en commun : ils avaient la même race et la même de couleur de… chat ! Pfff… Moi, j'en pouvais plus de ces chats !

L'annonce que Barbara ne connaissait pas le village fut une bonne nouvelle pour les garçons qui s'empressèrent de lui parler de tous leurs endroits préférés. Du cœur du village aux alentours boisés, tous les lieux remplis de souvenirs étaient cités avec admiration et mélancolie. Et c'est en imaginant un circuit touristique que nous quittâmes donc le restaurant sans plus tarder.

Car Barbara appréciait sa liberté comme un oiseau sortant de sa cage dorée. Elle marchait allègrement, volait presque, avec la grâce d'une colombe en s'émerveillant de tout. Notre visiteuse ne retenait pas certains cris d'admiration devant des endroits qui étaient pour nous si familiers. Elle disait qu'on avait eu de la chance de pouvoir passer notre jeunesse dans cet univers et regrettait de ne le découvrir que maintenant.

En fin de parcours, elle se mit à bavarder avec Alexandre mais leur conversation était sans cesse interrompue par les autres qui tentaient de s'immiscer à tout bout de champ. Heureusement, la configuration étriquée du village leur permettait de se retrouver souvent isolés dans un passage étroit.

Les rues s'élargissaient ensuite pour s'ouvrir sur la place centrale qui accueillait le bar « El Ocho », un endroit particulièrement fréquenté par les jeunes. On aperçut Mateo et Diego qui avaient pris de l'avance et s'étaient arrêtés à la terrasse pour discuter avec des personnes que l'on ne voyait pas encore. Arrivés à leur hauteur, nous découvrîmes qu'ils s'adressaient à mes ex-amies assises à une table. Elles regardèrent notre groupe arriver, ébahies, puis se levèrent pour saluer.

Je passai devant elles sans rien dire puisqu'elles baissèrent les yeux devant moi. Derrière, je vis Barbara leur faire la bise et leur dire :

— Alors les filles, depuis qu'on s'est échangé nos numéros de téléphone, je n'ai plus de vos nouvelles !

Il y eut un petit silence puis j'entendis l'audacieuse Inès proclamer fortement en me regardant de loin :

— Eh bien, apparemment, tu étais occupée avec Victoria !

— Ah « apparemment » ? Décidément, vous vous fiez toujours aux apparences !

Barbara s'éloigna théâtralement des filles sur cette phrase. Cependant, Inès, qui ne voulait pas s'avouer vaincue, ne sut que hausser les épaules et s'asseoir en grimaçant méchamment. Elle se mit à marmonner des bêtises à ses complices pour se disculper. Diego, qui avait tout entendu, déclara haut et fort aux autres :

— ¡ Hombre ! Muy fuerte esta chica ! *(Les mecs ! Elle est très forte cette fille !)*

Et Barbara déclara :

— Il ne faut jamais perdre l'occasion de renvoyer la balle ! Surtout quand elle est moche et qu'elle pue !

Maintenant, les garçons étaient non seulement séduits par ses atouts physiques mais aussi par son caractère que cette scène avait eu le mérite de dévoiler. Diego ne se gêna pas pour applaudir.

Une fois à l'intérieur, certains se dirigèrent vers les jeux afin de tenter leur chance. Barbara s'était mise à côté de Yann pour essayer de comprendre les règles d'un jeu. Je trouvais qu'ils allaient bien ensemble… Vic, arrête de prendre tes désirs pour des réalités ! Et je voyais au loin les filles rapprochées les unes contre les autres afin de pouvoir parler à voix basse comme des vieilles grues. La jalousie est l'engrais qui fait grossir les bavardages. Elles en avaient des pleins sacs, leur jardin allait bien pousser mais en mauvaises herbes ! En plus, la remarque de Barbara avait dû les piquer au vif. Il fallait bien sûr, maintenant, qu'elles se rassurent les unes avec les autres, qu'elles retournent la situation en se convainquant qu'elles avaient raison et que j'avais tort. Je les connaissais tellement !

Luìs et moi avons repéré une grande table libre et pris place sur une banquette en cuir rouge très confortable. Après un long baiser, je trouvai que le moment était approprié pour lui parler du Portugal. Je repensai à sa méthode de suspense quand il m'avait fait sa demande pour Madrid et je décidai de la réutiliser :

— Luìs, j'ai un truc à te demander, j'ai l'accord de mes parents… Ne restent plus que le tien et celui de tes parents.

— Qu'eeest-ce que tu me racontes Vic ? dit-il en riant.

J'avais lâché cette phrase un peu trop vite, alors je la lui répétai. Et comme attendu, sa surprise demeura. J'avançai donc d'un pas dans mon suspense et ajoutai :

— Alors, en vrai, j'ai deux nouvelles. La première, c'est que je pars dimanche et pas demain comme prévu.

— Ah, cool, on pourra aller manger les tapas demain !

— Tout à fait !

— Et la deuxième nouvelle alors ? L'histoire de mon accord et celui de mes parents… Tu veux qu'on finisse nos vacances en bivouac sur le Mont Perdu ?

— Arrête de dire des bêtises ! lançai-je exacerbée.

J'avais remarqué que les garçons disent n'importe quoi quand ils sont gênés. L'humour est leur chère échappatoire.

Luìs attendait donc en me regardant droit dans les yeux comme s'il allait y trouver la réponse.

— Eh bien pour Lisbonne… Nous avons une place disponible dans la voiture, une place dans le coffre pour une valise et la maison est grande, voilà.

J'étais satisfaite de ma présentation mais maintenant c'était moi qui faisais moins la maligne. Il me rassura très vite car je vis ses yeux briller et ses lèvres entamer un large sourire. Cependant, il me répondit :

— Hum, hum… Donc si je comprends bien, tu veux inviter une personne, c'est ça ?

— C'est ça, tu as bien compris. Et devine qui c'est ?

— Diego, peut-être ? (Il me vit faire « non » de la tête) Moi ? (Il me vit faire « oui » de la tête) Ah mais, il y a un problème… Un gros problème même !

— Ah bon ? dis-je, inquiète, en redevenant sérieuse.

— Eh oui ! Je suis désolé, c'est dommage mais… J'en ai deux… Deux valises !

Et il éclata de rire. Quel chameau quand il s'y mettait ! Comme je voyais que ça l'amusait, je continuai la blague :

— Ah oui, ça c'est un problème ! Alors tant pis, je vais demander à Diego, il pourra s'arranger lui…

Mais il renchérit :

— Ah oui ! J'ai remarqué qu'il te kiffait ! Il sera gentil avec toi, je pense.

Là, il m'énervait.

— Arrête ! Tu me soûles ! dis-je gentiment en lui tapotant l'épaule.

Sur cette petite chamaillerie, Yann et Barbara nous rejoignirent à table, suivis de Mateo, Pablo, Alexandre, Thomas, Antonio et Diego.

— Scène de ménage, les amoureux ? Vous n'êtes pas d'accord sur les prénoms des enfants ou quoi ? plaisanta Pablo.

Et Luìs déclara à voix haute pour que toute la tablée entende :

— Non, non… Je vous explique le problème. La señorita était sur le point de m'inviter pour l'accompagner à Lisbonne !

Tous les autres poussèrent un « waouh ».

— Oui, et donc ensuite, vous savez quoi ? Elle me refuse parce que… Elle dit que j'ai trop de valises !

Je fus surprise et heureuse de cette déclaration qui traduisait son accord officiel. Pour l'avoir dit haut et fort, il devait être sûr de lui et par là même de l'accord de ses parents !

Il fit rire son auditoire et Yann prit la parole, enthousiaste.

— Ah bon ? Tu viens avec nous ! C'est super, on va boire une petite bière pour arroser ça ?

J'évitai à Luìs de lui répondre en lançant :

— Cette bière tu pourras peut-être la boire ce soir à la maison avec lui, s'il accepte de venir dîner avec nous !

Yann était sidéré de cette invitation qu'il croyait improvisée et donc osée de ma part. Il déclara :

— Eh ben, on va de surprise en surprise les amis !

Luìs confirma avec une certaine fierté cette invitation. Je lui dis de venir vers vingt heures à la maison. Je rassurai Yann en aparté en lui précisant que les parents étaient bien au courant.

On allait se quitter quand Alexandre s'adressa à Barbara :

— On te voit demain Barbara ? Aux tapas ?

Je n'y avais pas pensé mais sa suggestion était excellente. Elle prit son temps pour répondre :

— Et pourquoi pas ?

Décidément, elle me surprenait : ces deux mots étaient, comment dire… dignes d'une aventurière !

— Cool ! Je passerai te chercher si tu veux ! s'enthousiasma Alexandre.

Il montrait de plus en plus son estime pour Barbara. Les autres aussi mais lui était le plus téméraire, dira-t-on. Elle, se laissait entraîner par leurs gentillesses et leurs plaisanteries, sans trop montrer de préférence.

Quand je la raccompagnai, Barbara me remercia avec insistance de cette merveilleuse journée. Je décidai de lui avouer que les garçons ne s'étaient pas trouvés au restaurant par hasard. Loin d'elle l'idée d'être froissée : elle me félicita pour mon « ingéniosité » (elle utilisa ce mot) la concernant et aussi pour les surprises faites à Luìs. La satisfaction de ces bonnes actions me porta à la maison.

$\mathcal{L}$es garçons étaient ravis de voir Luìs à notre table. Évidemment, aucun effet de surprise car son identité avait été dévoilée lors de la fameuse partie de basket. Mon frère le fréquentait depuis toujours comme moi, Lucas avait fait sa connaissance et il était devenu un pote de Yann. Mes parents étaient d'autant plus enchantés qu'ils connaissaient bien les siens. Nos mères étaient allées au jardin d'enfants ensemble et un jour leurs bambins s'étaient télescopés… Eh oui ! Ma mère raconta à tout le monde « the » anecdote de notre première rencontre. Elle finit la petite histoire en disant :

— Lui, comme un ange avec le serre-tête de Vic dans sa petite main et elle, rouge de rage, les cheveux dans les yeux. Ils étaient trop choupinous tous les deux ! C'était peut-être le coup de foudre pour eux !

Elle avait réussi à créer un joli moment de tendresse mais à mon grand étonnement, Luìs prit la parole comme pour casser cette ambiance. J'ai remarqué plusieurs fois que souvent les hommes n'aiment pas les atmosphères trop roses et font une conclusion humoristique. Il dit alors :

— Ouais, mais quand elle s'est relevée, vous savez ce qu'elle m'a dit ?

Je me dis : « Qu'est-ce qu'il va raconter ? J'avais pas le souvenir d'avoir dit quelque chose… Je me souviens juste d'avoir été en colère… Il délire ou quoi ? »

— Eh bien, mademoiselle m'a dit : « Toi, je t'parle plus ! »

Bien sûr, il fit rire toute la tablée. Ma mère lui répondit :

— Je lui dis toujours qu'il ne faut jamais dire jamais !

Je n'en revenais pas qu'il se souvienne de ça. Cette scène avait donc dû le marquer, lui aussi. Comme quoi, la mémoire ne retient les événements que s'ils sont accompagnés d'une émotion : pour moi c'était la colère, pour lui peut-être la déception et pour maman, qui l'avait trouvé « choupinou », sûrement de la tendresse. Et pourtant, depuis quelques années maintenant, ce visage autrefois haï émergeait de ma mémoire, transfiguré, adouci, agréable, aimable.

Le repas se poursuivit donc dans une ambiance décontractée et Luìs semblait à l'aise dans notre famille. Toutefois, inviter un récent petit ami pour des vacances familiales, c'était quand même chaud ! Si j'en avais parlé à Pauline, elle aurait sûrement pensé que j'étais folle cette fois-ci ! … Euh, l'étais-je en fait ? Oui. Folle de Luìs, bien sûr !

Arrivés au moment du dessert, sur la belle coupe remplie de fruits que ma mère apportait fièrement, mon père fit tinter plusieurs fois sa cuillère en disant :

— Oyez, oyez, braves gens ! Victoria a quelque chose à vous annoncer.

J'allais ouvrir la bouche quand Hugo m'interrompit et cria presque :

— Tu es enceinte ?

Je rétorquai en riant et tout le monde en fit autant.

— Non ! Non ! Nous aurions été très rapides !

Ce frangin, il me faisait honte ! Qu'est-ce que Luìs allait penser de la famille ?

— Non, alors en vrai, j'ai invité Luìs à venir avec nous au Portugal et si vous êtes d'accord… (je fis à mon tour tinter ma cuillère sur la coupe), lui, il a accepté.

Les garçons étaient surpris mais on voyait qu'ils s'attendaient à une plus grande nouvelle. C'est vrai que pour eux, cela ne changeait pas grand-chose. Ils répondirent : « Ah, OK. »

Ma mère me fit un peu peur en levant le doigt comme pour ajouter quelque chose à mon annonce. Je me dis ça y est, elle va faire ses recommandations…

— En fait, aucun rapport mais… Tant que j'y pense : demain, nous déjeunerons avec Charlotte et Christophe en compagnie des parents de Luìs à « El delicioso molino ». Rosita mangera avec vous. Et le soir, j'ai réservé une table pour nous tous au restaurant « La sorpresa de Esteban » pour notre dernière soirée au village.

Bon, tant mieux, elle avait juste mis un terme à la conversation et fait une transition. J'étais quand même surprise de ce programme si rapidement organisé, surtout le repas avec les parents de Luìs, mais soit, l'intention était bonne.

25

Les saisons ne feront que passer
Le temps ne pourra rien effacer
Les souvenirs qu'on ne peut chasser
Sont les plus beaux
Tu y yo (Toi et moi)
*Unidos para sempre (*Unis pour toujours)

« TÚ Y YO », CHANSON PAR KENDJI GIRAC

En ce samedi, nous avions réservé une table à « El Ocho » pour la bande en vue d'une dégustation de mille tapas. Avec Luìs, nous savions que, pendant ce temps, nos oreilles allaient siffler à cause de tout ce qui se dirait dans les ailes du moulin délicieux !

Diego arriva avec pas mal de retard et avec… sa jolie famille catalane. Nous fîmes connaissance en français. Si j'avais trouvé Serena d'une agaçante beauté, les autres n'étaient pas mieux mais bon, le maquillage y faisait beaucoup. Je me demandai quel était vraiment le lien de parenté de ces « crèmes catalanes » avec Diego. Il n'y avait absolument aucune ressemblance. Les garçons étaient complètement captivés par leur présence, mais bien moins que par Barbara. Serena tenta plusieurs fois de me « voler » Luìs mais depuis nos dernières discussions, elle avait beau se mettre devant moi, elle ne me faisait plus d'ombre.

En résumé, les filles discutèrent ou draguèrent et les garçons gardèrent leur sens de l'humour pour la décontraction et aussi pour la séduction… Au bout du compte, on ne sut exactement quelle avait été la nature des intentions de chacun mais tout s'était bien passé.

Nous projetions de nous revoir le soir. Barbara avait accepté notre invitation à condition que je passe la voir dans l'après-midi au château pour la toute dernière fois : quelle contrainte ! Enfin, quand même, j'avais un timing hyper serré car il fallait que je rentre vers dix-sept heures pour rendre visite à mon grand-oncle Alfredo et ma grand-tante Silvia et ses filles et puis à Manuel et puis aussi à des cousins voisins. J'étais contente de tous les voir mais le temps passait tellement vite ici qu'on allait toujours les voir le dernier jour en fait. Et juste après nous devions aller manger au restaurant comme prévu et seulement après débuterait la soirée ! (Ouf ! Ça se mérite !)

Barbara me fit visiter la chambre qu'avait aménagée Alberta pour elle. La décoration raffinée de cette pièce me fascina. En plus des murs simplement blancs, les douces couleurs environnantes invitaient à la sérénité. Le satin bleu ciel des rideaux était le même que celui des coussins posés sur le lit. Ce meuble en bois et son chevet ainsi qu'une psyché étaient les seuls éléments anciens de cette pièce. Le côté « chic » était apporté par la modernité des suspensions métalliques, avec des bibelots bariolés et un petit tabouret arrondi en rotin. Des affiches d'opéra et une statuette de la déesse portant la balance affichaient cependant l'esprit de la maison, le souvenir des grands-parents de Barbara. J'étais subjuguée de voir comment Alberta avait su habilement combiner le style « château » avec la mode actuelle. Elle avait joliment réuni le passé et le présent. J'étais loin d'avoir décelé autant d'ingéniosité chez cette personne qui paraissait, a priori, n'avoir aucun goût.

Je m'arrêtai un instant sur chaque affiche colorée. Je me disais que cette passion était tellement éloignée de celle des jeunes d'aujourd'hui… Ces titres, je les avais juste entendus à l'école : « La Traviata » et « Don Carlo » de Verdi, « Carmen » de Bizet, « Le barbier de Séville » de Rossini. Il y avait aussi une affiche du Teatro Real et une autre ancienne sur une corrida à Barcelone. Et plusieurs peintures très colorées.

— Toute une vie pour ma grand-mère ! Elle était cantatrice et a même chanté à l'Opéra de Madrid, « El Teatro Real ». À la retraite de mon grand-père, ils ont décidé d'acheter cette maison, loin de l'agitation de la capitale. Mon père m'a expliqué que malgré leurs professions, ils aimaient tous les deux le calme de la nature. Un peu comme Alberta et moi.

— Je comprends.

— Regarde ce que m'a fabriqué ma tante !

Elle me montra un serre-livres original puisqu'il y avait un mini piano blanc d'un côté.

— Elle l'a fait elle-même ?

— Oui, elle a fabriqué le petit piano en bois et aussi les autres parties puis a peint le tout en blanc. Elle est seule mais a tellement d'idées qu'elle ne s'ennuie jamais !

— Des idées et des talents de bricoleur !

— Ce piano blanc me donne une idée ! s'émerveilla Barbara.

— Euh, je suis très maladroite moi, il vaut mieux qu'on ne bricole pas !

— Mais non !

Elle pencha la tête et esquissa ensuite un sourire mélancolique en me disant :

— J'ai adoré quand on a joué « Imagine » de John Lennon, tu te souviens, c'était bien, non ?

— Ah oui, j'ai adoré moi aussi parce que c'est simple et émouvant je trouve…

— Ça te dit qu'on le refasse ? Cette musique pourrait être notre « chanson du souvenir » à nous !

— Chanson du souvenir ?

— Oui, je dis ça car je pense à un film que j'ai vu il n'y a pas longtemps, et qui s'appelle comme ça, un film sur Chopin et George Sand.

— Je ne connais pas ce film mais oui, je penserai forcément à toi quand j'entendrai cette chanson ! Il y aura… Comment dire… Un truc, tu vois, une émotion.

— Oui c'est ça, la dernière fois que je suis allée en Italie chez ma mère, j'ai entendu une chanson qui parlait de : « *un'emozione per sempre* ».

— Ça veut dire quoi ?

— Une émotion pour toujours.

— Cette langue est tellement romantique, je comprends que tu le sois aussi… Bon, allez, on la crée cette émotion ?

Cette deuxième édition fut beaucoup plus troublante que la première. Barbara se mit à la mélodie et moi je faisais les accords. Nous jouions lentement pour profiter de chaque note en nous regardant de temps en temps. Nous partagions une sensation commune. Les notes s'élevaient et j'avais l'impression que nous donnions le plus beau concert au monde. J'ai du mal à expliquer aujourd'hui combien, à ce moment-là, j'aimais la beauté des notes. Quand nous eûmes joué la dernière, comme si nous avions du mal à nous en remettre, trois secondes s'écoulèrent avant que Barbara ne parle. Je crois qu'un ange passa.

— Waouh ! Magnifique, aucune fausse note !
— Grâce à toi !

Alberta arriva dans le salon en applaudissant doucement. Je remarquai même qu'elle avait les yeux larmoyants. C'était presque gênant de la voir ainsi, elle montait dans mon estime.

— ¡ Diios mio ! C'était vraiment beau ce que vous avez joué, chicas. Cette musique nous transporte, vous ne trouvez pas ?
— Oui, répondis-je, surtout qu'aujourd'hui, on doit se quitter…
— Niñas, ne vous inquiétez pas pour ça ! Vous vous reverrez, c'est sûr ! L'amitié est un très bon sentiment, dit Alberta avec un doux sourire.

Elle avait sans doute raison. Je l'embrassai et la remerciai pour tout. Elle me serra dans ses bras, cela me fit bizarre. Qui m'aurait dit qu'un jour j'embrasserais « la vieille Alberta » ? Mes ex-amies m'auraient-elles crue ? C'est dingue la vie !

Et ensuite, les visites familiales… Tous teeellement gentils ! Ces personnes âgées m'attristent toujours quand, tous les ans, elles disent la même chose : « Ils grandissent trop vite ces enfants ! » Un jour, sans doute, moi aussi je dirai ça, comme dans la chanson de Mickaël Miro : « L'horloge tourne, les minutes infanticides ».

26

Sur un air latino
Je ressens le tempo
Des rythmes latinos
Il fait toujours très chaud
…
J'me la joue sexy ¡ Hola !
Moi je fais ça et hasta la vista

« SUR UN AIR LATINO », CHANSON PAR LORIE PESTER

*V*int enfin le dîner avec les parents et les Rivière. Un sacré moment animé où chacun prit la parole pour évoquer ses anecdotes les plus drôles et les plus marquantes, comme quand on commente un film. Bien sûr, j'avais décroché la palme d'or me disait-on, en « ramenant un Espagnol à la maison » ! On me charriait. Mon frère avoua qu'il s'en doutait depuis des années et mes parents se dirent heureux pour moi pourvu qu'il ne me déconcentre pas pour mes études ! Yann trouva évidemment le moyen de me taquiner en disant que Luìs lui avait davantage parlé de Serena que de moi ! Rosita me confirma mon bon choix de façon conventionnelle : « Ce jeune garçon a l'air très bien. » Je me fis la même réflexion que celle qu'il m'avait faite à la pizzeria, en réalisant combien j'étais chanceuse d'être aimée de lui et aussi d'avoir une famille aussi géniale.

Durant cette soirée, comme elle était assise à côté de moi, j'eus une conversation avec Rosita. Je lui dis que je la trouvais très détendue depuis le début de ces vacances. Elle avait eu tellement de petits soucis dans l'année : travail, santé et dernièrement le cambriolage qui l'avait affectée… J'avais toujours connu Rosita célibataire mais heureuse, confirmant que l'un n'empêche pas l'autre. Mais ces épreuves lui avaient demandé d'être encore plus forte et cela n'avait pas été facile. Bien sûr, elle aimait sa liberté dans ses faits et gestes. Elle nous l'avait assez dit ! C'est un choix quand tout va bien mais un choix courageux quand la vie nous fait souffrir. Je supposais que son passé y était pour quelque chose mais je ne le connaissais pas. Comme Barbara, je regardais des films et j'avais remarqué que chacun trouve son bonheur où il pense qu'il est, et ce, souvent en fonction de ses anciennes souffrances. La liberté et la solitude en réaction face à un passé chargé de déceptions oui, sans doute, mais les nouvelles souffrances font naître de nouveaux désirs. Les obstacles font voir la vie autrement et certaines personnes sont amenées à changer de route. Pourquoi n'y aurait-il que le physique des hommes et des femmes qui changerait avec le temps ? Comme disait ma mère, « il ne faut jamais dire jamais ». Peut-être un jour Rosita réaliserait-elle que sa maladie, son chômage et tous ces désagréments auraient été plus supportables si elle avait été accompagnée.

— Ça t'a fait du bien d'être ici, hein ?

— Carrément, c'est « l'effet pueblo » ! Ici, c'est la zen attitude, on oublie tout et on vit autrement, cela me rappelle aussi mon enfance !

— Ah oui, tu as plein d'amis ici, il n'y en a pas un qui te plaît en particulier ?

— Arrête avec tes sous-entendus ! Ils sont tous gentils, c'est tout.

— Ah… On ne sait jamais ce que la vie nous réserve ! Un jour, peut-être, toi aussi tu ramèneras un Espagnol à la maison !

Comme si j'avais dit un truc terriblement ridicule, elle me répondit par un éclat de rire que je trouvai étrangement excessif.

Je jetai un coup d'œil à mon portable et m'aperçus avec un petit stress que c'était l'heure de filer à « El Ocho ». Je fis signe à Yann qui accéléra son allure pour terminer son dessert.

Qu'est-ce que j'avais hâte d'être à cette dernière « noche » ! J'avais la chanson des Pointer Sisters dans la tête, « *I'm so excited and I just can't hide it…* » Yann devait éprouver la même chose que moi car nous partîmes presque en courant. Il n'y avait pas de concert ce soir-là mais le bar avait mis de la musique assez forte pour que toute la place en profite. Alexandre arrivait avec Barbara qu'il était allé chercher. Elle portait une courte robe noire se finissant sur de la dentelle qui mettait subtilement en valeur sa poitrine et son corps rectiligne. Cette robe sur moi aurait fait vulgaire, mais mon amie paraissait toujours aussi brillante que délicate. Les sept garçons la contemplaient comme les sept nains devant Blanche-Neige ! Si bien que Thomas ne put s'empêcher de laisser échapper un « waouh ! » (et non « hé ho ! »).

Quant à moi, je portais ma robe préférée, rose pâle et pailletée par endroits. Avec le petit bronzage de ces derniers jours, c'était top, je me sentais bien, je me sentais belle ! Le regard amoureux et les compliments de Luìs me le confirmèrent.

Le début de la soirée commençait déjà à merveille. Barbara et moi laissions nos corps exprimer toute notre joie d'être là. Comme elle, j'avais décidé de profiter à fond de cette soirée inoubliable, de me sentir libre comme l'air. La fin des vacances, c'est comme jeter un bijou précieux à la mer en espérant le retrouver un jour : peine perdue ! Alors nous pensions que chanter à tue-tête, danser follement, taper dans nos mains très fort et surtout rire ensemble pouvait exorciser notre peine future.

Après plusieurs morceaux à danser comme des malades, nous allâmes nous asseoir pour souffler et boire un peu. Mais Luìs ne me laissa pas beaucoup de répit en m'entraînant sur la piste pour danser sur un air latino. Il me dit : « J'étais trop jaloux de te voir danser avec Barbara ! » Et là, je fus agréablement surprise de découvrir ses talents de danseur. C'était notre première expérience en la matière. Je compris combien la danse pouvait être un sacré moyen de séduction. Le fait d'onduler avec sensualité devant une personne convoitée, de lui sourire, de se rapprocher d'elle, de la toucher et parfois même de tenir son corps provoque des émois délicieux. Luìs et moi fûmes tous les deux surpris de cette effervescence qui nous donnait l'occasion de nous redécouvrir l'un et l'autre sous un aspect différent.

Pendant notre jeu sensuel, la musique s'était adoucie et des notes lentes nous berçaient maintenant langoureusement. En même temps, je pouvais jeter un œil par-dessus l'épaule de Luìs et voir ce qui se passait autour de moi. Je fus satisfaite de voir Barbara en charmante compagnie. Elle dansait avec Alexandre. Il avait ses mains sur ses hanches et elle posait les siennes sur ses épaules. Ils souriaient tous les deux en se regardant dans les yeux. Ils ne parlaient pas et j'avais l'impression qu'il se passait quelque chose entre eux. Je fis signe à Luìs pour lui montrer la beauté de ce couple.

En quelque sorte apaisée de la voir passer un bon moment, je me laissai aller à profiter du temps présent avec Luìs. Whitney Houston nous chantait son mythique « *I will always love you* » et j'étais merveilleusement bien, tout contre celui que j'avais désiré tellement longtemps. Mais qui avait osé vaporiser ce parfum aphrodisiaque ? Autour de moi, je voyais d'autres couples que je trouvais comme « shootés » : on avait l'air aussi nases nous aussi ?

Je les vis ensuite aller s'asseoir pour boire un verre et je réussis sans peine à convaincre Luìs de les imiter car il faisait très chaud. Nous n'étions pas très loin d'eux et je vis mon amie échanger quelques mots avec Alexandre. Je ne la distinguais pas très clairement à cause du jeu de lumières mais je remarquai qu'elle était dans un état exagérément gai. Je me demandai si elle était sous l'effet du tourbillon de l'amour ou tout simplement de l'alcool. Je me dis alors qu'il valait mieux que je la surveille un peu, je ne voulais pas qu'il lui arrive quelque chose de fâcheux en cette belle soirée.

Le DJ passa le morceau d'un chanteur espagnol à la mode. Presque tout le monde se leva pour rejoindre la piste de danse. Antonio, Pablo et Mateo, qui d'habitude étaient plus spectateurs qu'acteurs, semblèrent comme éjectés de leurs sièges pourtant confortables ! Pas question de laisser passer l'occasion de se rapprocher de ces belles demoiselles ! Chacun d'eux alla en chercher une comme on va chercher un dessert à un buffet. D'autres, moins téméraires, dansaient accompagnés de leur bière en mode chasseurs ou même simples voyeurs.

Les tables se vidaient petit à petit quand une scène incroyable se déroula devant Luìs, d'autres restés assis et moi. Nous étions sur la banquette, à siroter un cocktail, quand Yann, que l'on aurait pu surnommer le Señor *Don Yann de la Riviera,* passa devant nous en se dandinant et en chantant, un verre à la main et le regard en direction de Barbara. Une allure de séducteur que je ne lui avais jamais vue. Elle, toujours en compagnie d'Alexandre, suivait le rythme de la chanson avec son corps et, assombrie par l'ombre du Señor *Don Yann de la Riviera* qui avançait vers elle, leva d'un coup la tête. Le Don Juan lui tendit la main d'un air amusé et l'invita à danser avec un clin d'œil. Alexandre se retrouva autant surpris qu'impuissant. Dans la précipitation, Barbara avait gardé son verre comme lui ; elle se prit avec enthousiasme au jeu de cette improvisation. Je vis un Yann particulièrement audacieux et Luìs le remarqua aussi. Il me dit à l'oreille « *Coño, es un hombre que tiene huevos !* » (« Purée, c'est un homme qui a des tripes ! » - traduction très polie !) On aurait dit qu'il avait volé l'aisance d'Alexandre. Apparemment, un peu d'alcool permet certaines hardiesses. Ils dansaient donc l'un en face de l'autre en s'amusant, surtout Barbara qui riait aux éclats face aux gestes extravagants de son charmeur… Rien d'inquiétant a priori. Mais ensuite, je ne sais pas pourquoi, un petit sentiment d'inquiétude m'envahit quand je les vis tous les deux poser leurs verres. Ils se retrouvèrent les mains dangereusement vides. Je dis dangereusement car mon intuition me soufflait que leur état de gaieté allait les pousser à dépasser certaines limites et qu'Alexandre n'apprécierait sûrement pas. Je ne voyais plus les mêmes amis que la journée, la nuit les avait transformés comme la lune change l'homme en loup-garou. Yann ne m'avait jamais parlé de Barbara mais comme c'était un garçon assez secret, il pouvait très bien m'avoir caché son penchant pour elle. Ils se regardaient de plus en plus fixement, de plus en plus sérieusement et en se rapprochant subtilement au rythme de la musique. Étant donné qu'ils étaient juste devant, toute la bande les observait maintenant, se demandant où allait mener ce jeu de séduction. Dans l'obscurité et avec la musique, ils n'entendirent heureusement pas Diego clamer un « Ouh ! *Caliente, caliente* ! » (chaud, chaud !) On voyait leurs doigts commencer à se toucher puis à franchement s'entrelacer. Il se rapprocha d'elle pour lui chuchoter quelque chose à l'oreille et ils finirent par danser ensemble corps contre corps. Barbara fermait les yeux, profitant de l'instant. Yann souriait avec béatitude. Alexandre, étonnamment calme, buvait sa bière en les regardant. Quant à moi, je n'en revenais pas de voir mon ami que je connaissais depuis toujours dans les bras de ma très chère nouvelle amie. Même si l'idée m'avait effleurée, cela me faisait drôle quand même.

La chanson s'acheva. Barbara et Yann revinrent à table, enivrés d'un doux bonheur. Étrangement, les garçons n'ouvraient plus la bouche, sans doute respectueux de ce qu'ils venaient de voir. Et pendant quelques secondes, une gêne s'installa, insupportable. Alors pour sauver les meubles, je décidai de dire n'importe quoi mais à tout prix, de meubler quoi !

— Ouh ! Il est déjà hyper tard ! Vous avez vu ? Elle passe trop vite cette soirée ! Il est bientôt minuit.

Et Luìs me suivit :

— Ah oui… ! Dans quelques heures, on sera loin d'ici et *adios pueblo !*

Barbara enchaîna :

— Oui et *adios amigos*, sniff ! Tiens, ça me donne une idée ! Je vais prendre tous vos numéros de téléphone, on restera en contact. Ah oui ! Et ce qui serait encore mieux, c'est qu'on se revoie l'année prochaine !

Tout le monde approuva. Sa prise de numéros de téléphone me rappela surtout quand elle les avait demandés aux filles… pour en définitive, ne retenir que le mien ! Je la voyais venir avec ses gros sabots la belle Barbara ! Toutefois, Antonío trouva cela tellement bien qu'il se mit à parler « projet » et à partir de là, les autres commencèrent à tirer des plans sur la comète, oubliant l'exhibition de Yann.

Et puis, vint le moment des au revoir. Tout le monde se dit quelques mots et s'embrassa. Barbara allait quitter ses partenaires de danse et il n'était pas exclu que l'un d'eux, quelque peu émoustillé, tente le baiser tant attendu. Mais non, elle fit la bise à tout le monde de la même façon. J'imaginai le désarroi de ses prétendants qu'elle laissait sur leur faim… de loup-garou !

Luìs et moi devions raccompagner Barbara chez elle. En chemin, encore euphorique, elle me dit :

— Tu sais, Vic, je n'oublierai jamais ces vacances ! D'abord avec toi, nos discussions et les séances de piano, et puis la rencontre avec les garçons. Que de choses nouvelles pour moi !

— Pareil pour moi ! On s'entend bien toutes les deux et j'ai repris goût au piano et à la musique, je crois bien !

Je demandai à Luìs de m'attendre et lui parlai à part.

— On s'appelle demain ?

— Oui, tu te doutes que j'ai des choses à te raconter !

— Ben, je sais pas moi ! C'est à toi de me le dire !

Lorsque nous nous fîmes la bise, s'échappèrent quelques larmes insurmontables. Barbara me rassura en me répétant ce qu'avait dit sa tante sur la suite de notre amitié. Maintenant qu'elle m'avait confié qu'elle avait des choses croustillantes à me révéler, j'avais hâte de savoir sur lequel elle flashait. J'en parlai bien sûr ensuite à Luìs qui était devenu mon autre confident. Il ne savait, lui non plus, que penser de cette situation. Mais il savait que les deux étaient tombés sous le charme de la belle Latino-française, et même d'autres de la bande qui n'avaient pas osé tenter leur chance.

Ce soir-là, le sommeil fut long à venir. Mes pensées planaient entre la perspective de ce voyage avec mon amoureux et cette nouvelle intrigue ! S'ajoutait à cela un défilé de tous ces visages qui m'avaient dit au revoir aujourd'hui. Ces yeux familiers et amicaux, remplis de bienveillance qui me regardaient encore dans mes pensées et me faisaient couler des larmes d'émotion. Et puis, me vinrent à l'esprit les visages de mes ex-camarades avec leurs derniers regards sombres. Mon cerveau se mettait peu à peu en mode « analyse ». Comme un jeu dont la partie est terminée et où on compte les gains. Finalement, je constatai que je n'en possédais pas autant que les années précédentes mais que ceux-ci comptaient double ou même triple. Pas de doute, c'était la partie la plus réussie que j'eusse jamais jouée. Mais le plus extraordinaire, c'était que j'allais relancer les dés et rejouer avec la conviction que j'avais la baraka !

Poser les pierres

du Futur

27

Lembro-me de uma aldeia perdida na beira
(Je me souviens d'un village perdu vers la frontière)
A terra que me viu nascer
(La terre qui m'a vu naître)
…
E hoje a cantar
(Et aujourd'hui, en chantant)
Em cada canção trago esse lugar no meu coração
(Dans chaque chanson, je porte cet endroit dans mon cœur).

« SONHOS DE MENINO », CHANSON PAR TONY CARREIRA

Je m'étais réveillée avant la sonnerie de mon portable. J'ouvris la fenêtre et penchai la tête, découvrant le village fantôme. L'aurore, c'était ce qu'on appelait l'aurore sur le pueblo endormi. Au fond de notre rue, une lumière rougissait un ciel pur, un spectacle merveilleux. Le temps d'enfiler une petite veste et de faire un rapide rangement de ma chambre, je me repenchai à la fenêtre : les premiers rayons du soleil étaient apparus. L'énorme astre caressait déjà d'une couleur orangée les premiers lève-tôt : des oiseaux et quelques personnes aux corps marqués par le temps. J'avais l'impression de ne pas avoir dormi tellement j'étais impatiente. Il faisait un peu frais et c'était si silencieux au-dehors…

Cette fraîcheur et ce calme étaient justement à l'opposé de ce à quoi je m'étais attendue pour cette semaine à venir : de la chaleur au cœur et une explosion d'agitation. Je pris une longue inspiration pour atténuer mon excitation. Car pour moi, ce n'était pas seulement le jour qui se présentait comme nouveau. Je prenais en main, calmement, ce dé à facettes choisies et j'étais sur le point de le lancer sur le tapis. Mais cette fois-ci j'avais un partenaire, on jouait en duo. J'allais avoir Luìs pour moi toute seule, ou presque, pendant une semaine et ça, ça changeait tout.

Allez, c'était parti. Je fermai la porte comme si on allait revenir aussitôt. Aucune tristesse ne m'avait effleurée cette fois-ci car l'aventure continuait. Une aventure à laquelle je ne m'étais vraiment pas préparée, mais je n'avais pas peur : Luìs me donnait des ailes et ça, ce n'est pas donné à tout le monde !

Installés côte à côte dans la voiture, Luìs m'avait passé un écouteur et nous écoutions la même musique, sa main tenant la mienne. L'axe routier que nous avions emprunté était si rectiligne qu'il invitait à la détente. Il nous semblait que nous étions seuls au monde. J'adorais voir le paysage défiler en y associant la musique que nous écoutions, comme une vidéo. Mais nous fûmes dérangés par la voix criarde de Charlotte qui s'était emparée du talkie-walkie. Elle chantait à tue-tête du Madonna et je crus bien qu'on allait se prendre une averse de grêlons tellement elle chantait faux. Nous dûmes couper notre musique, presque exaspérés. Et puis quand elle s'arrêta enfin, pour pouffer de rire, lui succéda ma mère avec des chansons des années 80. Sa joie était tellement communicative que Luìs et moi commençâmes à rire et à nous prendre au jeu en chantant nous aussi. Et puis on reconnut, avec surprise, la voix de Lucas qui entonnait des chansons paillardes ! Cela ne choqua pas les hommes qui l'accompagnèrent. On était hilares, pliés en deux sur nos sièges, les larmes aux yeux. Et le pire, c'est que je devais traduire à Luìs certains mots qu'il ne connaissait pas ! Les conducteurs avaient légèrement ralenti leur allure, la maîtrise du volant ne devait pas être chose facile dans ces conditions…

Cette bonne humeur nous rendait tous heureux et ce séjour s'annonçait sous les meilleurs auspices. À côté de moi, Luìs riait en me lâchant des petites remarques gentilles ou marrantes du style :

— Avec deux familles comme ça, je pense que je ne vais pas m'ennuyer !

— Pourquoi, tu avais peur de t'ennuyer ? Merci pour moi !

— Ah non ! Loin de moi ce cliché des filles françaises qu'on dit tristes, froides, fermées, etc.

— Quoi ? Mais qu'est-ce que tu dis ? Il ne faut jamais généraliser ou se fier aux apparences ! C'est comme moi, j'aurais pu avoir peur du sang chaud des Espagnols !

— Ah, ça ! On ne sait jamais !

— On ne sait jamais quoi ? Si tu as le sang chaud ou si je suis… triste et froide ?

— Pour les deux choses… On va le découvrir bientôt !

On aimait bien se titiller de cette façon en riant et s'embrassant.

Et puis, après plusieurs heures de route, nous applaudîmes au passage de la frontière portugaise. Lucas reprit le talkie-walkie et chanta cette fois-ci un air portugais très à la mode cette année-là. Mais après une trentaine de minutes, la voix grave de Christophe effaça d'un coup nos sourires.

— Euh, c'est pas pour casser l'ambiance mais…

— Quoi donc ? demanda ma mère.

— Ben, j'ai un voyant rouge qui vient de s'allumer et c'est vrai que j'entends un drôle de bruit depuis cinq minutes.

Ma mère se mit aussitôt en mode panique, prit le talkie-walkie et lui indiqua de s'arrêter à l'aire de repos signalée. Rosita sortit de la voiture des Rivière en soufflant et même en s'énervant crescendo :

— C'est la catastrophe ! Comment on va faire ? On est dans la cambrousse ! On est très mal ! J'vous préviens, moi, j'veux pas dormir dans cet hôtel pourri qui est là !

Elle désignait un bâtiment décrépit avec des fenêtres à barreaux, effectivement pas du tout accueillant… Hugo éclata de rire face à l'exagération de sa tante. Ma mère, elle, ne rigolait pas et tentait de tranquilliser sa sœur car elle sentait venir la crise d'angoisse.

— Mais enfin, t'en a des idées, toi ! T'inquiète pas ! Les mecs vont regarder, c'est sans doute pas grand-chose et au pire on appellera l'assistance ! Il ne faut pas toujours voir les choses en noir !

Les hommes se penchèrent sous le capot de la voiture et deux minutes après, Christophe retira une pièce mécanique et la tint, perplexe. Vu la tête de mon père, c'était apparemment assez grave. En revanche, Christophe souriait nerveusement en mettant sa main sur son front. Quant à Rosita, on aurait dit que c'était la fin du monde : elle pâlit d'un coup, poussa un cri de désespoir et s'assit par terre en tailleur, boudeuse. Charlotte et ma mère s'efforçaient de garder leur calme et Christophe prit son téléphone afin d'appeler sa société d'assurance. Pendant ce temps, nous profitâmes de l'heure du déjeuner pour entrer dans le petit restaurant routier qui nous attirait en faisant clignoter son enseigne.

— Oh pétard, vous voyez ? J'en étais sûre ! D'abord on va manger et ensuite la nuit va tomber et on va être obligés d'aller dormir dans l'hôtel miteux d'à côté ! Moi, j'vois bien l'truc !

Ce petit self-service n'était pas si moche que ça et le steak frites pas mauvais. Cette pause ne déplaisait pas non plus à mon frère et à Lucas qui se goinfraient avec plaisir. Yann se retrouva en face de moi, l'occasion était trop belle pour lui reparler de la veille car je ne pouvais pas encore appeler Barbara. Je voulais en savoir davantage sur ses ressentis et intentions.

— On a passé une super soirée hier soir, hein ?

— Ah ouais, top.

Égal à lui-même, Yann n'était pas très loquace et surtout ne laissait rien paraître de ses émotions. Il me donnait du fil à retordre.

— T'avais l'air d'apprécier Barbara !

— Toi, je te vois venir : c'est de la curiosité ou de la solidarité féminine ?

— Comment ça, solidarité féminine, elle ne m'a rien demandé !

— Ah, donc c'est de la curiosité !

— Euh, ben peut-être alors !

— Qu'est-ce que tu veux savoir ? J'ai dansé avec elle, comme avec d'autres, non ?

— Oui, comme avec d'autres… Mais pas comme les autres !

Il fronça les sourcils pour simuler l'incompréhension et la conversation s'arrêta net, happée par l'agitation causée par l'altercation entre ma mère et Rosita. Ma mère rouspétait en disant à sa sœur que son comportement était incompréhensible vu que la panne était imprévisible et que sa réaction était démesurée. En effet, celle-ci ne mangeait presque pas et restait les yeux rivés sur l'écran de son portable. Ma mère finit par l'emmener à part pour la raisonner. Je ne me souvenais pas avoir déjà vu Rosita dans pareil état. Elle devait prendre ça comme le malheur qui refrappait à sa porte quand tout commençait à s'arranger.

Et son inquiétude ne fit que s'accentuer quand Christophe nous annonça la mauvaise nouvelle. La société d'assurance lui avait dit que, comme nous étions dimanche, les établissements étaient fermés ; elle proposait seulement le dépôt du véhicule dans un garage et le transport de la famille à Lisbonne.

Vu la mauvaise réaction de Rosita, mon frère Hugo insista pour rester attendre le taxi à sa place afin qu'elle continue la route avec nous. Cela n'arrivait pas souvent mais quand mon frère avait ce genre de bonté, je l'adorais. A la suite de cette bonne action, on remarqua un net apaisement.

C'est avec le cœur gros que nous quittâmes cette aire de repos en laissant les Rivière derrière nous, même si nous présumions qu'ils n'allaient pas y rester trop longtemps.

28

Un nouveau monde
Des horizons encore secrets
Quand je m'envole si haut
Ma plus grande joie
C'est partager ce monde avec toi.

« UN NOUVEAU MONDE », CHANSON DU FILM ALADDIN

*N*ous arrivâmes à cette superbe maison que Charlotte avait louée. Bien plus qu'une simple maison, c'était un petit château bien cossu tout en pierre. Et pourtant, la trouver n'avait pas été une mince affaire ! Nous avions fait confiance à un fameux navigateur GPS qui s'était révélé complètement déboussolé en nous faisant entrer dans une ferme isolée, descendre dangereusement un sentier sans issue, nous enfiler au cœur d'un village sinueux… pour finalement nous suggérer de faire demi-tour immédiatement à chaque intersection. Bref, nous avions perdu un peu de patience mais, à aucun moment, notre bonne humeur. Cela avait même provoqué des rires nerveux. Nous avions finalement réussi grâce à un autre système de navigation qui s'appelle la communication directe avec les locaux. Enfin… pas si directe que ça car il fallait tenir compte de la barrière de la langue ! Heureusement, les gens rencontrés avaient été serviables et adorables.

Nous finissions juste de faire l'état des lieux et de sortir les valises de la voiture dans l'excitation quand mon père répondit à un appel téléphonique : c'était Christophe.

— Oui, alors ? Dis-moi, vous êtes où, là ? … Quoi ? Toujours au même endroit ? Comment, mais ça fait trois heures ! … Ah, toi tu es au garage avec Charlotte ? Ah bon c'est déjà ça ! Et vous avez des nouvelles du taxi pour les autres ?

Cela entama sérieusement notre bonne humeur. Nous culpabilisions de savoir que nous nous amusions pendant que Lucas, Yann et Hugo attendaient depuis trois heures sur ce parking au soleil. Quarante minutes après, Christophe rappela : la bonne nouvelle était que le garagiste avait miraculeusement pu réparer la voiture, la mauvaise qu'ils avaient été obligés d'aller chercher les garçons car le taxi n'arrivait pas. Il nous raconta ensuite que le trajet avait été long car ils avaient raté la sortie d'autoroute. Pourquoi faire simple quand on peut faire compliqué ?

Pendant l'attente, j'en profitai pour envoyer un message vite fait à Barbara afin de l'informer que nous étions bien arrivés mais que je n'aurais pas le temps de l'appeler, vu les événements. J'aidai ma mère à ranger toutes nos provisions et à préparer du café tandis que Rosita allait se reposer et que Luìs et mon père faisaient une partie de foot dans le jardin.

Ils arrivèrent enfin à la maison avec des mines fatiguées mais, malgré tout, réjouies. Dans la cour, j'aperçus mon frère qui s'entretenait avec mon père. Hugo gesticulait et s'exprimait d'un air grave alors que mon père lui répondait en se marrant. Intriguée, je m'approchai et entendis :

— Sur le parking ? Mais non ! C'était pas une hyène que tu as vu ! C'était sûrement un chien errant ! Si ça avait été un animal sauvage, je ne pense pas qu'il se serait présenté à des touristes !

Yann se moquait :

— Une hyène ? Tu sais que ça fait un drôle de cri, c'est comme un rire humain il paraît. Tu l'as entendu ?

Moi, je n'en pouvais plus de rire et je ne pus m'empêcher de lui dire :

— Non mais sérieux ! Il raconte vraiment n'importe quoi celui-là ! Remarque, si l'animal avait ri, j'aurais compris pourquoi ! C'est quoi que t'as pas supporté exactement ? Le soleil ou le fait d'avoir rendu service à Rosita ?

Lucas finit par glisser un « casséééé ! » en faisant le geste de la lame avec sa main comme dans le film *Brice de Nice*.

Après que nous nous fûmes posés un peu à l'ombre des arbres fruitiers du jardin avec un petit rafraîchissement, mon père suggéra :

— Ça vous dirait pas de vous faire servir dans un petit resto portugais ?

Comme il n'était pas trop tard, tout le monde était partant et nous reprîmes sans difficulté les voitures. Il faut dire qu'une petite ville se trouvait très proche.

Après s'être garés facilement, les hommes s'étonnèrent du peu de monde dans les rues et Yann me devança pour lancer une remarque :

— Eh les mecs, on a fait les blondes !

Charlotte reprit son fils sur son imbécile réflexion mais ce qu'il dit ensuite était la triste réalité.

— On est quel jour aujourd'hui ? Eh ouais ! Dimanche les mecs ! Et c'est fermé le dimanche !

Nous nous retrouvâmes hébétés mais surtout déçus. Nous étions dans une rue commerçante et nous entendions clairement le chant des oiseaux ! Seule une épicerie et une enseigne de restauration rapide étaient vaillamment ouvertes. La tentation était trop forte pour les garçons d'entrer dans cette dernière. Ce que nous fîmes finalement. Il fallut quand même encore un petit incident : les Rivière se trouvèrent dans l'obligation de nous prêter leur carte bancaire car nous n'arrivions pas à faire fonctionner la nôtre.

— Ouh ! On va rentrer à la maison pour se reposer après cette longue journée difficile !

— T'as raison, Olivier, cette journée n'a pas été des plus chanceuses ! Je crois qu'on va pas tarder à aller se coucher ! conclut Christophe.

Mon père me fit un peu peur avec son histoire de malchance, je me demandai si nous allions enfin rentrer sans encombre ! Mais non, tout se passa bien ! On retrouva la maison, la clé fonctionna correctement, les lumières s'allumèrent impeccablement et l'eau des salles de bains était agréablement chaude.

Notre seule question concernait le choix des chambres. Il y avait tellement de pièces que nous avions l'impression d'être dans un labyrinthe. Nous avions le choix entre cinq chambres et deux salles de bains à l'étage, et le sous-sol faisait office de logement à part entière avec chambre, salle de bains, salle à manger et cuisine. Nous décidâmes de laisser ce petit luxe à Rosita qui nous remercia comme si on lui avait donné un billet gagnant du loto. Nous nous estimions très chanceux d'avoir la climatisation dans toutes les chambres jusqu'au moment où, en fait, nous découvrîmes qu'aucune ne fonctionnait à part, bien sûr, celle de la chambre choisie par Lucas et mon frère. C'était quoi ce délire ?

Comme prévu, j'avais ma chambre pour moi toute seule. Même si j'aurais préféré la partager avec Luìs, son côté « cocooning » me réconforta et me consola. Une salle de bains me séparait de la chambre des quatre garçons. Nous nous installâmes et Luìs passa rapidement me voir. Nous allâmes faire un tour dans le salon, histoire de nous retrouver un peu tous les deux. Et c'est à peine assis que nous fûmes intrigués par une petite porte dans le fond de la pièce. Je me levai et découvris, accrochée sur celle-ci, une feuille blanche où était inscrit en portugais, en français et en anglais le message suivant :

Cette pièce contient du matériel professionnel qui sera contrôlé après chaque location.
Nous avons choisi de vous laisser en profiter en comptant sur votre plus grand soin.
Merci.

Je regardai Luìs tout en ouvrant lentement la porte. L'obscurité me poussa à chercher sur le mur droit l'interrupteur et la lumière me fit l'effet du sapin de Noël garni de cadeaux : c'était une salle de musique. Elle contenait un synthétiseur, une batterie, deux guitares, un micro sur pied avec un ampli et un téléviseur équipé d'un karaoké. Je n'en revenais pas. L'écriteau prenait tout son sens et même plus ! Ce n'était plus de la confiance, c'était de la folie de laisser ces instruments à la portée de tout le monde ! Quoi qu'il en soit, cette salle était magique pour moi.

— Waouh ! C'est pas vrai ! Mais je vais passer mon temps ici !

Luìs me regarda, surpris de mon excitation soudaine.

— Comment ça ? Qu'est-ce que tu aimes plus que moi ?

— Non, rien de plus mais… Je ne t'ai pas encore tout dit sur moi ! Je joue un peu du piano et dernièrement je m'y suis remise avec Barbara.

— Ah bon ? Elle nous a effectivement dit qu'elle préparait un concours important mais je ne savais pas que vous aviez joué ensemble !

— En fait, quand je te disais que je faisais des grasses matinées, je me rendais chez elle et nous passions des heures à jouer. C'étaient… comment dire… des moments inoubliables. Je n'ai pas jugé important de te le dire car nous avions tellement d'autres choses à nous raconter…

— Oui, je comprends. Et donc, tu vas essayer ce synthétiseur ?

— Bien sûr, c'est pas le piano mais… Je peux m'amuser comme une folle, j'en ai déjà joué chez une copine !

— OK, on reviendra plus tard alors !

— Oui, j'espère au moins que mes parents nous laisseront un peu de temps !

Nous allions faire demi-tour quand les autres arrivèrent derrière nous et découvrirent à leur tour la pièce. Charlotte et ma mère s'enthousiasmèrent à l'idée de faire un karaoké. Les hommes prirent les guitares juste pour rigoler car ils ne savaient pas du tout en jouer. Yann s'essaya à la batterie et les deux autres garçons s'amusèrent des singeries de leurs aînés. Luìs regardait ce petit monde en souriant gentiment.

Avec la fatigue de plus en plus pesante, tout le monde se prépara à aller se coucher. Un ballet d'incessantes allées et venues se jouait dans les couloirs qui reliaient les salles de bains, les toilettes, la cuisine… Pour notre petite tribu de zigotos, l'agitation devenait même comique. On voyait

Charlotte qui passait et repassait devant les portes et n'arrêtait pas de dire « C'est là ? Ah non, c'est pas là. Je suis paumée moi, je suis paumée ! » Elle nous faisait rire. Et puis, on entendit Christophe se marrer. Il était planté avec une poignée de porte dans la main en disant : « J'en ai marre, aujourd'hui tout me reste dans les mains, je casse tout ce que je touche ! La voiture et maintenant la porte… » Je vis ma mère et Charlotte se regarder et elles se mirent alors à chanter la chanson de Lio : « Je casse tout, tout, tout, casse tout, tout, tout, ce que je tooouuche ! » Les mêmes parents qui étaient, il y a une heure, supposés être fatigués, se déhanchaient à présent en chantant ! Lucas, qui ne connaissait pas cette chanson, la trouva sur Internet et la diffusa sur son téléphone. Je n'en pouvais plus tellement ils me faisaient tous rire. Et après, on les entend dire que les enfants reprennent plus vite de l'énergie que les adultes !

Je les abandonnai cependant cinq minutes afin d'aller au petit coin. Pour actionner la chasse d'eau, il fallait tirer sur un bouton rond, ce que je fis. Au même moment, je fus abasourdie : l'eau s'écoula au son d'un « Aaahh ! » Ma surprise laissa place à un sourire car je me dis que je devais être sérieusement fatiguée… Et je réentendis encore et encore ce « cri » que j'avais cru percevoir comme si quelqu'un était passé dans la cuvette… Un fou rire me prit. J'étais sur le point d'actionner à nouveau la chasse d'eau pour délirer mais j'entendis ma mère qui disait : « Non mais, arrêtez de rire, c'est pas marrant ! T'es sûre que ça va ? » Intriguée, je quittai les toilettes, un peu frustrée quand même de ne pas avoir recommencé, pour voir… enfin pour entendre ! Dans la cuisine, l'ambiance avait radicalement changé. Ils étaient tous autour de Charlotte, inquiets. Ma mère m'expliqua que, dans sa danse endiablée, celle-ci avait glissé sur une petite marche qui séparait la cuisine du couloir et s'était étalée sur le carrelage. Mais comme elle souriait, nous supposions que ce n'était pas trop grave. Rosita avait son portable en main et proposa d'appeler les pompiers mais Charlotte nous affirma que tout allait bien. Je profitai de cet apaisement pour raconter ma petite histoire et je fis rire tout le monde car il était évident que c'était le cri de Charlotte que j'avais entendu. Elle leva sa jupe sur le côté et nous montra son hématome bien pourpre à la fesse. C'était vraiment pas joli du tout mais pour nous rassurer avec humour, elle interpella mon père :

— Voilà Olivier, maintenant tu pourras dire que tu as vu une de mes fesses !

Heureusement prévoyante, elle avait pu passer une pommade qu'elle avait emportée dans ses valises. Après cet incident, ma mère conclut par :

— Au moins, une chose est sûre, vu que nous sommes à la campagne, nous allons bien dormir au calme.

Par moments, il faudrait qu'elle se taise, ma mère, cela nous éviterait d'avoir de faux espoirs. En effet, à peine couchés, nous entendîmes qu'il y avait une fête aux environs, musique et chants résonnaient dans la campagne soi-disant calme. Chacun dans son lit devait penser la même chose : « Elle disait 'calme', Alexandra ? » Heureusement, cela ne dura pas trop longtemps et nous passâmes tout de même une bonne nuit.

Pour le petit-déjeuner, Yann, Luìs et Christophe avaient cueilli des oranges plus tôt dans le jardin. Elles étaient énormes et Rosita avait trouvé des presse-agrumes. Alors pendant que Charlotte pressait une bonne quantité de jus,

Christophe grillait des petits pains, ma mère faisait du café et d'autres préparaient du chocolat chaud, du thé, etc. Tout le monde s'agitait, chantonnait, plaisantait. Tous, excepté mes parents. Et quand la pendule afficha dix heures trente, tandis que certains prenaient leur second café, ils firent leur apparition à la porte de la cuisine. Leur tête « dans le pâté » révélait sans équivoque qu'ils venaient à peine de se réveiller et que leur nuit n'avait pas seulement été bonne mais longue aussi. Ils furent applaudis avec raillerie. En soi, il n'y avait pas de mal à se lever tard en vacances, mais l'occasion était trop belle de leur faire gentiment honte !

29

Comme les Rois Mages en Galilée
Suivaient confiants l'étoile du berger
Mon Amérique, ma lumière biblique
Ma vérité cosmique, c'est de vivre avec toi

« LES ROIS MAGES », CHANSON PAR SHEILA

*P*our la jeune fille que j'étais, il n'y avait pas mieux que cette entrée en matière : nous commencions par un après-midi shopping au centre commercial ! Nous fîmes des petits groupes selon les centres d'intérêt de chacun. Mon groupe à moi était simple : Luìs et moi ! Nous avions deux heures devant nous. Dans les boutiques, j'essayai plusieurs tenues en lui demandant son avis. Je faisais la star en me pavanant exagérément devant lui et lui m'admirait avec ses yeux amoureux. J'aimais tout ce que je voyais dans les magasins. Il me combla en m'achetant un superbe petit sac en toile très à la mode. Moi, je lui offris un mug représentant l'emblème touristique du pays : le coq de Barcelos. Je me dis qu'il penserait forcément à moi quand il boirait plus tard dedans.

À l'heure du retour manquaient à l'appel Lucas, Hugo et Rosita. Les mères étaient inquiètes car aucun de leurs téléphones ne répondait. Les hommes étaient sur le point d'aller le signaler à l'accueil du centre commercial quand ma mère reçut un appel de Rosita. Elle expliquait qu'ils avaient été bloqués dans un ascenseur pendant trente minutes. Nous étions tous soulagés de ce dénouement car c'est le genre de chose qui ne fait pas du tout rire.

Un petit apéritif nous réconforta et nous fit retrouver notre bonne humeur habituelle. Dans un restaurant brésilien, Rosita et les garçons nous racontèrent avec véhémence leur aventure : ils avaient découvert un « super » ascenseur menant à un « super » belvédère panoramique avec une « super » vue à 360 degrés sur la ville. C'était à la descente qu'il y avait eu la panne. Ensuite, chacun d'entre nous raconta ce qu'il avait vu et fait. Pendant ce temps, Rosita s'était absentée pour aller acheter un souvenir à une amie. Elle nous prévint qu'elle en avait pour « un peu de temps » comme elle l'avait vu avant de nous rejoindre et que c'était un peu loin. Cela ne nous inquiéta pas jusqu'à ce que l'on s'aperçoive qu'elle nous avait quittés depuis une petite heure et que nous devions partir. Pour la seconde fois, ma mère se fit des cheveux blancs et lui envoya un message. En fait, Rosita n'était pas bien loin mais à son retour, elle se fit remonter les bretelles par sa sœur.

— Bon, ça commence à bien faire ! On va pas t'attendre tous les quatre matins comme ça ! On n'a pas que ça à faire !

— Merci sœurette, trop aimable !

— Ouais, c'est ça !

Après le dîner, Luìs et moi allâmes à la salle de musique. Il s'assit en face de moi et m'écouta jouer les premières notes. Je me concentrais pour m'adapter à ce nouvel instrument et reprendre des airs joués avec Barbara. Progressivement, il déplaça son siège à côté de moi. J'espérais de tout mon cœur qu'il appréciait ma petite représentation, je voulais lui montrer ce que je savais faire et surtout ce que j'aimais jouer. Son appréciation fut au-delà de ce que j'attendais. Sans rien me dire, il m'embrassa longuement puis me prit la main et m'invita à sortir.

Assis sur les marches du perron, la voûte céleste s'offrait à nous. Il me montra ce que j'appelais, moi, l'étoile du berger.

— Tu vois, c'est Vénus, tu es comme elle, la plus belle et la plus brillante. Tu es mon étoile.

Je me mordis la lèvre inférieure pour m'assurer que je ne rêvais pas. Ceci dit, on peut aussi ressentir des douleurs dans les rêves. Bref, je souris et posai délicatement ma tête sur son épaule. Je la relevai aussitôt : une étoile filante traversait le ciel. Après mon « Oh ! » de surprise, je me concentrai pour vite et bien formuler mon vœu… C'était la première fois que j'en voyais une alors mon souhait avait des chances de se réaliser… Comme la chance du débutant !

— Oh ! Tu l'as vue ?

Yann et Christophe arrivèrent derrière nous juste à ce moment-là. La voix de Yann me fit sursauter. Sa blague cassa net l'ambiance et le rire de Christophe attira les autres dans notre intimité.

— Qui ? Ton cul ? Tu dis ça à Luìs ? C'est pas très élégant ça dans un rendez-vous romantique !

J'avais vécu un moment magique ce soir-là. Pourquoi les instants les plus beaux sont-ils les plus brefs ? J'envoyai un message à Barbara pour lui dire que j'étais trop fatiguée ce soir-là et qu'on s'appellerait le lendemain. Les yeux fermés, j'étais en train de repasser le film dans ma tête quand je fus dérangée. Cette fois-ci, ce n'était pas de la musique de fêtards à l'extérieur mais des bruits et des grincements de portes à l'intérieur de la maison. En premier, j'accusai les adultes d'exagérer dans leurs déplacements. Puis, en tendant l'oreille, ces bruits me semblèrent étranges et je finis par n'être plus trop rassurée. Je pris mon courage à deux mains et me levai. J'ouvris un peu ma porte et m'immobilisai, chaussure en main au cas où. J'entendis alors un petit bruit venant du sous-sol et j'en déduisis qu'il s'agissait de Rosita. Cela me rassura et je revins me coucher. Je pouvais dormir sur mes deux oreilles, cette fois-ci. Cette expression me fait toujours rire mais là, c'était de circonstance car je n'entendis plus rien ensuite.

30

Pour moi la musique
Oui, la musique
Je le sais sera la clé
De l'amour, de l'amitié
…
Ne sois plus triste
Le rêve existe

« LA MUSIQUE », CHANSON PAR NICOLETTA

Quand je me levai le lendemain matin, Luìs arrivait en sueur après un évident footing.

— Tu cours souvent comme ça ?

— Oui, dès que je peux. Je m'entraîne et j'aime ça.

— Pourquoi ? Tu veux faire un marathon ?

— J'en ai déjà fait, tu sais ! Mais là… Je ne m'entraîne pas spécialement pour une course. Attends, je me douche et je t'en parle juste après.

Après toutes nos conversations, nous n'avions pourtant jamais eu l'occasion de parler de sa passion : le sport. Je le savais plus ou moins mais j'ignorais qu'il voulait en faire son métier. Il me fit part de son projet de se diriger vers une formation sportive en ayant en tête l'enseignement ou mieux, la rééducation. Il aimait l'idée de faire retrouver la motricité à des personnes qui l'avaient perdue accidentellement. Assis sur un banc dans un coin du jardin, il m'exposa longuement sa vocation. Son côté altruiste, que je n'avais pas soupçonné, me touchait profondément. Il me disait qu'il avait suivi ses propres ressentis pour trouver sa voie. Enfant, il avait aidé un camarade à retrouver l'usage de ses jambes après un accident. Il avait passé beaucoup de temps avec lui à l'entraîner et cela lui avait énormément plu. Il était prêt à faire toutes les études nécessaires pour atteindre son objectif. Après ce récit, il me dit une phrase tellement bien réfléchie pour lui qu'elle me sembla précieuse. J'eus l'impression que l'on me tendait une lanterne pour trouver mon chemin dans le noir. Et c'était l'élu de mon cœur qui me l'offrait.

— Je pense qu'il faut tenir compte des choses que l'on apprend tous les jours, c'est comme ça qu'on obtient les réponses à nos questions.

Cette phrase m'interpella. En général, ce sont les anciens qui parlent comme ça, car ils ont de l'expérience. Mais venant de lui, cela me fit un drôle d'effet. Je le trouvai si… raisonnable ! Tirer des leçons de ce qu'on apprend tous les jours… C'est vrai, on n'y pense pas mais c'est ça grandir, ou plutôt… vieillir ? Bref, sur ces bonnes paroles, il se leva en frottant son ventre et en disant qu'il avait faim. Il me laissa sur place, pensive, la tête dans les nuages – nuages qu'il n'y avait pas. Je fis une rétrospective accélérée des jours passés. Autant mettre en action cet enseignement ! Alors, qu'est-ce que j'avais appris qui me permettrait de répondre à mes questions et de réaliser mes rêves ? Subitement, je ne sais par quel enchantement, la petite mélodie de « La truite » de Schubert passa dans ma tête. Je souris en me remémorant

Barbara qui m'avait fait trop rire avec cette musique ! Je me levai. Comme je savais que j'étais seule, je m'amusai à battre la mesure avec mes mains et j'imaginai des musiciens en face de moi.

La musique. Je venais de prendre conscience que je ne pouvais pas me passer de musique. C'était dans ce milieu que je voulais vivre mes journées et me perfectionner. En me parlant de sa vocation, Luìs m'avait révélé cette évidence. J'aimais le rythme, j'aimais la perfection, l'harmonie. Je voulais faire jouer les bonnes notes, le bon tempo, la précision à la seconde près. Je voulais étudier les œuvres pour les entendre jouer parfaitement avec un zeste de personnalisation. J'avais une très bonne oreille musicale pour apprendre vite. Une ampoule s'alluma et brilla de plus en plus intensément dans ma tête. Je me sentis enthousiaste et merveilleusement bien. Je regardai le beau ciel au-dessus de ce jardin aux couleurs magnifiques en me disant : c'est ça, je veux être cheffe d'orchestre !

$\mathcal{L}$a visite du petit quartier pittoresque de l'Alfama que l'on fit l'après-midi m'enchanta. C'était tellement mignon ces ruelles, ces recoins, ces anciennes maisons colorées par les azulejos, ces placettes bordées de boutiques et de cafés animés par des locaux très loquaces ! Nous dûmes arpenter avec courage les rues pavées pour rejoindre le château Saint-Georges. Les autres en avaient plein les pattes mais moi j'avais l'impression d'avancer comme un petit oiseau et puis nos efforts furent largement récompensés. Une fois en haut de la colline, tout le monde en prit plein les mirettes (c'est l'expression qu'utilisa Rosita).

L'impressionnante vue sur Lisbonne forçait l'admiration. Je ne bougeais plus et je fus prise par une étrange sensation de domination et d'accomplissement. Je regardai Luìs qui marchait un peu plus loin et songeai : tout ce chemin parcouru depuis mes souvenirs d'enfance ! J'avais du mal à croire qu'il était réellement là, avec moi et pour moi et ce, du matin jusqu'au soir. J'avais bel et bien accompli mon rêve et je dominais toutes les autres filles jalouses.

Et ce château Saint-Georges ! Avec ses murs crénelés et ses tours fortifiées ! Je ne sais pas si j'étais un peu trop sensible mais cette immensité et cette majesté du lieu me troublaient. Isolée dans un recoin, je pensais à l'histoire de tous ces châteaux. J'imaginais ces hommes d'autrefois, avides d'honneur et qui matérialisaient leur pouvoir en faisant construire ces imposantes bâtisses. J'avais à l'esprit certains châteaux de la Loire comme Chambord, mais aussi des châteaux espagnols comme ceux de Butrón, d'Olite, de Manzanares el Real, de Belmonte ou de La Atalaya. J'aimais visiter ces monuments car je ressentais l'ardeur de ces rois, seigneurs, marquis ou autres personnes avec des titres. Un sentiment qui les portait, les soulevait, les poussait à gravir les montagnes, à combattre à tout prix. C'était, certes, un sentiment égoïste, sans pitié et cruel, mais manifeste. Je ne souhaitais pas prendre ces hommes comme modèles mais j'admirais la passion et le courage qu'ils avaient dans la réalisation de leurs projets. Un matin, en voiture avec mon père, j'avais entendu à la radio un homme politique français qui disait : « Je ne fais pas comme certains qui bâtissent des châteaux en Espagne ! Ha ha ha ! » Il riait et il m'avait tellement énervé celui-là ! Aujourd'hui, j'avais trop envie de lui dire : « Ne pensez-vous pas, Monsieur, qu'il ne faut pas s'arrêter aux rêves mais les réaliser ? » Comme le chantait Richard Sanderson dans le film que m'avait fait découvrir ma mère, « La Boum », *Dreams are my reality*…

Luìs remarqua mon regard vide et fixe, alors il me serra dans ses bras sans rien me demander et me dit :

— Et alors ? Un p'tit coup de mou, Vic ?

— Non, j'étais en train de penser que j'avais le même surnom que l'héroïne d'un film français dont ma mère m'a parlé.

— Et alors ? Pourquoi tu dis ça ?

— Eh bien parce que c'était une adolescente rêveuse, comme moi !

Yann, qui avait tout entendu, s'approcha de nous et dit :

— C'est aussi une variété de patates, non ?

— Espèce de chameau ! rétorquai-je en lui assénant un coup.

Il partit en criant, faisant semblant d'avoir mal, mais revint et se proposa de nous prendre en photo pour se racheter. Et je continuai à remplir mon appareil de photos de nous deux à chaque fois que je le pouvais, comme quand on fait le plein de soleil avant un hiver que l'on redoute glacial. Je mettais aussi en réserve le sourire de ma famille et des amis, et tout cet environnement bienfaiteur. Mais l'ambiance, les ressentis, les parfums n'étaient malheureusement pas enregistrés alors il fallait encore et encore profiter, « *enjoy* » comme on disait dans tous les médias.

32

Cette balade s'était avérée rude pour nos mollets mais en fin de compte, nettement moins éprouvante que le parcours du soir fait en voiture. En effet, ma mère avait eu la superbe idée d'improviser un dîner dans un restaurant où se chantait le traditionnel fado. Pour ma part, je n'étais pas très emballée. D'après ce que j'avais entendu, il s'agissait de chants tristes or je n'aime pas la mélancolie. Mais bon, étant donné que les Rivière étaient partants, j'allais devoir m'y plier. Afin de pas nous faire avoir avec les horaires des trams, nous avions dû rapprocher les voitures dans le quartier. Nous devions donc trouver deux places de parking dans l'étroitesse des rues de cet endroit si touristique. Même pas peur les parents !

Embarqués dans nos véhicules imposants, nous nous faufilions dans les méandres de ce mini labyrinthe avec assurance. C'est la famille Rivière qui tenait la barre. Matelot Rivière naviguait pas sur les flots mais dans le flou… Roulant sur les rails du tramway historique de la ligne 28, et nous le suivions, confiants… à gauche, à droite, l'exercice devenant de plus en plus complexe et dangereux. Cela me rappelait un jeu vidéo. Et soudain, en haut de la colline, une masse jaune surgit brusquement. Mais oui, il s'agissait bien du tramway qui arrivait juste en face de la voiture des Rivière ! Ma mère cria et un coup de volant sur la droite nous évita le pire ! Mais ils sont fous ces pères !

Les places de stationnement semblaient plus que rares. Nous descendions les rues tortueuses et après un virage étroit, une borne de stationnement nous fit aussitôt piler sec. La situation était donc la suivante : la borne devant Christophe, nous derrière et de chaque côté, les murs des maisons. Le problème étant que la manœuvre de la marche arrière ne s'avérait pas évidente du tout à cause du recoin très serré. Ma mère, muette, la main sur le front, semblait désemparée par cette position inextricable. Son regard hagard me faisait peur. Et puis, contre toute attente, nous aperçûmes la voiture de Christophe avancer lentement. Un miracle s'était produit, ou il suffisait peut-être d'avancer pour déclencher le mécanisme de la borne automatique. Nous étions encore sauvés pour ce soir. Quelle aventure ! Nous délibérâmes à l'unanimité pour un retour au bercail, illico sans fado, et sans même passer par la case resto rapido !

Nous n'eûmes donc pas l'occasion de nous faire bercer par ces mélancoliques chansons pour nous remettre de cette journée fatigante. Pour ma part, cela ne me dérangeait pas. En revanche, ce fut une bonne grosse marmite de pâtes, non pas à la lisbonnaise, mais à la bolognaise, qui nous réconforta. Hugo déclara :

— Franchement, là c'est vraiment « un mal pour un bien » ! Moi en tout cas, les pâtes, je peux en manger à toutes les sauces et à tous les repas !

Lucas, la bouche pleine, les commissures rougies par la sauce tomate et le pouce en l'air, répondit :

— Ah ça, c'est sûr !

Après s'être moqué de sa tête de clown, Hugo s'écria :

— Ah yes ! Il me donne une idée ! Et si on se déguisait ?

Luìs répliqua aussitôt :

— *¿ Qué dices ?* (Que dis-tu ?)

Yann et moi-même sourîmes un instant puis il dit :

— Ah mais, oui ! On pourrait faire une vidéo !

Cette idée illumina nos yeux. Lucas lança :

— Ah oui moi je suis chaud !

Il n'était pas trop tard, on décida de vite ranger la cuisine pour s'y coller. Yann avait donné la consigne à tous de récupérer des habits rigolos dans les chambres. Et on se retrouva à la salle de musique. Une fois tout le monde rentré, je fermai la porte pour que nous ne soyons pas dérangés par les parents.

Yann, Luìs et moi choisîmes un instrument. Pendant que nous faisions les branchements et les ajustements, Lucas et Hugo s'égosillaient au micro. Et, spectacle navrant, je les vis enfiler des vêtements empruntés à nos parents : Lucas passait avec difficulté un soutien-gorge chipé à sa mère et Hugo, dans le même esprit, s'appliquait à positionner un caleçon de mon père sur sa tête. Il disait regretter que ce dernier ne porte pas de slips kangourou, cela aurait été largement mieux !

Plus sérieux, les deux autres garçons se concentraient sur leurs instruments respectifs. Et moi, je laissais s'envoler quelques notes sous mes doigts redynamisés. Je regardai Luìs du coin de l'œil et je souris de le voir galérer avec la guitare électrique. Yann m'amusait aussi car il s'était installé à la batterie et il ajustait le tabouret et la pédale de la grosse caisse comme un professionnel. Je commençai à jouer la mélodie de la fameuse « Truite » de Schubert sur laquelle j'avais des souvenirs de fous rires avec Barbara. Je trouvais que l'appareil sonnait pas mal quand je m'arrêtai net, surprise par ce que j'entendais. Yann nous faisait une bruyante mais magistrale démonstration de batterie. Les morceaux qu'il jouait étaient justes, habiles et rapides. Avec Luìs, il nous sidéra tellement qu'il termina sous nos applaudissements.

— Eh ben, encore un talent caché ! Moi, je vous préviens, je ne cache rien, je ne joue d'aucun instrument ! s'exclama Luìs.

Yann jouait de la batterie ? Il fallait qu'il m'en dise plus.

— C'était quoi, ça ? Depuis quand tu joues de la batterie, toi ?

— Bah, en vrai depuis cette année, au lycée. J'ai pris des cours entre midi et deux et j'adorais tellement qu'on a monté un groupe avec les potes.

— Pourquoi tu ne me l'as pas dit ?

— Oh, j'vois pas pourquoi, c'est pas important !

— Mais tu joues super bien ! Il y a d'autres choses que tu ne nous as pas dites ?

— Ah… Qui sait ?

Mon frère avait eu le temps de prendre son portable pour filmer et il cria :

— En tout cas, c'est dans la boîte ! Si tu veux te lancer, je suis prêt à te filer l'enregistrement ! Moyennant bien sûr quelques dollars ! dit-il en faisant briller ses yeux intéressés.

Ensuite, il fallut que je filme les plus jeunes. Lucas, qui avait complètement disjoncté à l'idée de cette vidéo loufoque, demanda à son frère et à Luìs de jouer pour accompagner ses pitreries. Il criait plus fort que la guitare et la batterie réunies. Hugo était plié en deux devant son pote et moi, ce qui me faisait rire, c'était de voir Luìs passer ses doigts sur les cordes de la guitare… Il se la jouait rockeur à fond en prenant les positions qui vont bien et Lucas ne pouvait lui non plus s'empêcher de rire de lui-même. Mon frère se mit devant moi pour que je filme ses imitations idiotes. Mais peu à peu, les petits apprentis clowns s'aperçurent qu'ils n'avaient plus la cote et, feignant la fatigue, décidèrent de ranger leurs singeries et leurs déguisements.

Les garçons partirent faire une partie de cartes. En disant que j'allais lire, je demandai à mon frère de m'envoyer les vidéos pour avoir le solo de Yann. À 23h05, les sons et images de Yann partirent en direction du village. À 23h07, Barbara m'envoya un SMS me demandant si elle pouvait m'appeler.

33

*A*près ma réponse Barbara se connecta en visioconférence. Elle me questionna tout d'abord sur moi et Luìs. Je lui dis que tout se passait à merveille et que notre proximité avait même intensifié notre relation. Mais je voyais bien que le moment n'était pas choisi pour me lancer sur ce sujet car évidemment elle voulait me parler de la vidéo.

— Bon alors, c'était quoi ce solo de batterie ?

— T'as vu ? C'était ouf ! Un musicien émérite ce Yann !

— Tu m'étonnes ! Il est… brillant !

— Faut-il que je le félicite de ta part ? fis-je malicieusement.

— J'aimerais mieux le lui dire de vive voix…

— OK ! On t'appellera ensemble demain si tu veux !

— Oh oui ! Ça me ferait super plaisir de vous voir tous les trois !

— Bon alors, c'est d'accord pour demain, on se contacte pour un appel en visio !

— Ah et au fait, je change de sujet ! me dit-elle. Devine qui m'a appelée avant-hier ?

— Alexandre ?

— Exactement ! Évidemment, tu penses bien qu'il voulait me revoir ! Mais… Je l'ai déçu. Je lui ai dit que je ne pouvais pas car j'avais pris du retard dans mes révisions.

Je ne comprenais pas pourquoi elle avait répondu ça.

— C'est bizarre ce que tu me dis. Peut-être que tu as pris du retard mais tu paraissais tellement bien t'entendre avec lui… Je me trompe ?

— Non, mais je ne sais pas moi-même. Tu sais, à l'adolescence, on ne maîtrise pas trop ses émotions… Eh bien moi, samedi soir, j'étais une ado. Je me suis laissée aller sans réfléchir… Sans penser aux conséquences de mes actes. L'ambiance, la tentation, etc. Le problème c'est que je me suis fait prendre à mon propre piège.

— Oui, mais en brisant les barrières, tu as libéré tes sentiments…

— C'est vrai… Et je suis désolée si j'ai pu te paraître… comment on dit… euh… frivole, voilà, frivole.

— Mais pas du tout ! fis-je en me disant que je ne savais même pas ce que ce mot signifiait vraiment. Ça fait du bien de se lâcher des fois, non ?

— Mais oui, mais c'est pas bien !

— Pourquoi tu dis ça ?

— Mais tu ne comprends pas exactement ce que je veux dire… Par rapport à Alexandre et Yann, je les ai laissés espérer tous les deux qu'ils avaient une chance avec moi.

— C'est pas grave ça, c'est une chose qui arrive souvent que deux garçons soient amoureux de la même fille !

— Oui mais Victoria, tu crois que ça arrive souvent qu'une fille soit amoureuse des deux garçons en question ?

À ce moment-là, je ne sus que répondre. Je me dis : « Oh, oh, elle te confirme ce dont tu te doutais un peu… » Jamais je n'aurais imaginé qu'elle me fasse une confidence pareille. Barbara m'avait bien dit qu'elle était « fleur bleue » mais là, pour le coup, c'était du bleu d'encre qui tache. Elle m'avait confié n'avoir jamais eu d'amoureux et elle se retrouvait avec

238

un amour double… Et aujourd'hui sans doute avec une double souffrance. Souffrance que je perçus quand elle coupa court à la conversation en prétextant que sa tante arrivait. Je vis par écran interposé son désarroi dans ses yeux larmoyants et son visage grave. J'éteignis mon portable et me plongeai dans mes pensées. Je me demandais comment on pouvait aimer deux personnes en même temps et surtout sans avoir de préférence. J'avais tellement envie de lui parler encore, tellement envie de l'aider à voir plus clair dans ses sentiments, tellement envie de ne pas la laisser malheureuse. Car l'amour doit rendre heureuse et pas le contraire ! Je ne pus m'empêcher de lui envoyer un message pour lui dire que j'étais là si elle voulait en parler. Elle me répondit par : « Merci, t'inquiète pas, ça va aller ! »

En souhaitant une bonne nuit à Luìs ce soir-là, mon inquiétude me poussa à lui poser cette question :

— Juste comme ça, il t'a déjà parlé, Yann, de Barbara ?

Il me sourit et dans un bâillement me répondit :

— Oui, justement un peu ce soir, mais on en reparlera demain si tu veux bien, OK ?

J'aurais trop aimé qu'il m'en dise un peu plus… Mais c'est vrai qu'il était tard et je le voyais fatigué alors je l'embrassai et lui souhaitai une bonne nuit.

Je m'endormis presque aussitôt mais je fus réveillée un peu plus tard par les grincements que j'avais entendus la veille. Je me demandai pourquoi Rosita, qui semblait tellement reposée en ce moment, faisait des insomnies.

34

Changement de décor pour la visite du mercredi. Nous partions à la découverte du quartier de Belém ! « À la découverte », c'est le mot adéquat. En effet, c'est de là qu'étaient partis plusieurs explorateurs portugais dessinés dans mes livres d'histoire. La visite de la fameuse Tour de Belém nous permit, avec Luìs, Rosita et les garçons, de faire trempette dans le Tage. Avec cette chaleur, ce rafraîchissement liait l'utile à l'agréable, comme on dit ! Course-poursuite avec les garçons, je finis entièrement trempée devant les touristes coincés ! Cet endroit de carte postale m'incitait à photographier tout le monde. Les parents faisaient les imbéciles sur les photos, c'était trop drôle !

Charlotte, qui s'était assise je ne sais où, avait fait à sa jupe blanche deux taches noires qui épousaient parfaitement la forme de ses fesses. Bien sûr, elle avait un peu honte. Mais, même en lavant sa jupe dans l'eau, les taches résistèrent obstinément.

Elle bougonnait encore quand nous remontâmes vers la ville : « Purée, moi j'ai jamais de chance ! » Christophe, qui l'avait d'abord taquinée avec la phrase « Eh oui, toujours un pet de travers ! », se rattrapa en lui promettant de lui remonter le moral. Il y réussit effectivement avec la pause goûter à l'incontournable pâtisserie des « Pastéis de Belém ».

Miss Charlotte aérait – en grimaçant car elle avait toujours mal à la fesse – sa jupe pour la faire sécher. Nous avions, quant à nous, trouvé une table et nous nous assîmes tranquillement pour profiter de ces délicieuses gourmandises tièdes. Mais ce moment de répit ne dura pas longtemps. Charlotte, qui ne voulait pas s'asseoir, avait décidé de manger debout. Elle avait délicatement, mais abondamment, saupoudré son gâteau d'une fine poudre de cannelle en disant : « J'adooore la cannelle ! » Et mon père lui dit :

— Je ne sais pas pourquoi mais je sens venir la boulette !

Et elle, juste d'entendre ces mots, se mit à pouffer de rire… Ce qu'il ne fallait évidemment pas faire. Et voilà que le clown triste se transforma d'un coup en clown absurde ! Debout, face à son public, elle affichait un visage poudré, bouche ouverte qui tentait d'éternuer et petits yeux qui essayaient de s'ouvrir. Je regardai autour de nous, certaines personnes la dévisageaient du style « elle l'a fait exprès ou quoi ? » Ah, ces mères, de vraies gosses parfois, insortables je vous dis !

Après cette petite collation animée, nous reprîmes tranquillement notre flânerie en passant par le Monument aux Découvertes. Je m'émerveillai devant la jolie représentation du monde sur le sol et surtout la vue tout en haut. Arrivés au Monastère des Hiéronymites, nous fîmes un petit arrêt dans le parc qui se trouve devant avant d'aller visiter le monument. Rosita traînait des pieds en boitillant. Elle nous annonça qu'elle préférait nous attendre car elle avait mal au genou. C'était dommage pour elle, elle me fit de la peine alors je lui promis de prendre plein de photos.

Avec Luìs, dans le cloître, nous passâmes le plus clair de la visite à jouer à cache-cache, à plaisanter, à nous agiter et à nous embrasser aussi. Nous avions envie de nous défouler. Nous exagérions peut-être un peu, à en juger par les gros yeux que ma mère me faisait. Moi, je ne voyais pas ce qu'il y avait de mal, nous étions jeunes et amoureux et ces éminentes personnalités gisant dans ces tombeaux avaient été suffisamment intelligentes de leur vivant pour comprendre notre joie de vivre ! Enfin… dans l'hypothèse où elles nous voyaient, bien sûr. Quoi qu'il en soit, tout est relatif, certaines cultures font la fête sur le tombeau de leurs défunts. Elle n'arriverait pas à me faire culpabiliser, ma mère !

Nous passâmes notre soirée dans un chouette restaurant qui faisait karaoké. La morue était absolument délicieuse, les serveurs adorables et micro à la main nous nous essayâmes au portugais. C'était Yann qui était le plus fort car il avait appris la langue. En revanche, les adultes se livraient à une cacophonie effrontée, demandant pardon aux locaux par des rires. Heureusement, les Portugais sont des personnes indulgentes ! Avec les garçons nous fîmes un quatuor brillant ! Ma voix était largement absorbée par celles de ces messieurs mais tant pis, on a bien rigolé. Comme nous avions très chaud, Luìs et moi sortîmes prendre un peu l'air.

Rosita était déjà dehors et agacée elle nous dit :

— Dedans on étouffe et dehors on s'prend la fumée des fumeurs ! Pfff !

Nous nous éloignâmes un peu. C'était bon de prendre quelques petits moments d'intimité par-ci par-là pendant ces jours en collectivité. Nous nous voyions un peu le soir dans ma chambre, mais pas longtemps. Nous discutions beaucoup, parlant de nos vies et de nos projets. Naturellement, notre amour n'était pas que platonique, nous sentions naître une attirance physique de plus en plus forte. Cependant, nous savions qu'il fallait calmer nos ardeurs pour le moment. Le meilleur des moyens était de faire diversion, et pour cela j'avais un sujet de conversation qui me titillait depuis ce matin : mon interrogation de la veille sur Yann. Luìs me répondit :

— Oui donc j'en ai parlé avec lui, de sa scène de séduction de l'autre soir. Et là, il m'a dit qu'il avait été « charmé », c'est le mot qu'il a utilisé, depuis qu'il l'avait vue à la pizzeria. Et il m'a dit qu'il n'aimait pas trop la voir discuter avec Alexandre.

— Oh là là ! Jalousie quand tu nous tiens ! Et puis quoi d'autre ?

— Il m'a dit qu'elle était son style : authentique, douce, belle, etc. !

— Bref, il est carrément « in love » !

— Attends, en plus, il a dit qu'il avait l'intention de la recontacter mais ne savait pas quoi lui dire.

— Oh, il stresse le Yann ! C'est donc que son cœur fait boum boum !

— Et toi ? Tu en as parlé avec elle ?

— Aïe ! Alors oui et là… c'est compliqué.

— Comment ça ? Il lui plaît ou pas ?

— Oui, il lui plaît mais… Je ne peux pas en dire plus pour le moment.

— OK, OK, je respecte vos petits secrets entre copines !

Une chose était donc sûre : Yann était vraiment mordu. Mais bon, même si j'aimais bien mon amie, je ne pouvais pas la pousser à le préférer à Alexandre. La deuxième chose maintenant à éclaircir était la qualité des sentiments d'Alexandre et là, ce ne serait pas facile puisque je ne le voyais plus.

À notre retour, tout le monde se réunit sur la terrasse pour finir la soirée. Rosita avait bu un peu trop de mojitos et faisait sans doute une mauvaise réaction au citron portugais ! Elle nous fit rire en tenant des propos auxquels elle ne nous avait pas habitués concernant le dévergondage des hommes. Mais moi ce soir-là, c'était ma Rosita que je trouvais dévergondée et cela ne me plaisait pas trop. On lui conseilla d'aller se coucher. Les adultes restèrent encore discuter dehors et nous cinq à l'intérieur. Les garçons décidèrent de jouer à un jeu de société et moi d'aller dans ma chambre.

Je pris mon téléphone, mes écouteurs et, assise sur mon lit, j'appelai Barbara. Elle me confia :

— Alexandre m'a rappelée. Cette fois-ci, il m'a dit qu'ils allaient se rassembler à « El Ocho » avec les autres pour fêter son départ du village et que tous auraient aimé que j'en fasse partie.

— Ah et là, ne me dis pas que tu lui as encore refusé ça ?

— Ben non, tu comprends bien que j'étais pratiquement obligée. L'invitation ne venait pas uniquement de lui, et au moins cela m'éviterait d'avoir un tête-à-tête !

— Oui, dans un sens, vous serez bien entourés ! Bon ben, c'est génial ça ! Tu leur enverras le bonjour de ma part !

Cette nouvelle me faisait vraiment plaisir pour elle. J'étais contente qu'elle revoie la bande. Je commençais à imaginer la scène. Alexandre serait sans doute proche d'elle toute la soirée. Peut-être même que d'autres tenteraient leur chance. Cette soirée s'annonçait des plus prometteuses même si elle avait dit qu'elle serait extrêmement attentive à ne rien montrer à Alexandre. Cela lui permettrait d'affiner ses réflexions.

Puis elle me demanda si elle pouvait nous voir tous les trois comme promis la veille. J'avais complètement oublié moi ! Je rappelai les garçons dans ma chambre et leur fis la surprise. Mais je vis un Yann comme « bloqué » par cette nouvelle, comme désemparé. Je n'aurais pu dire s'il était content ou pas.

Barbara commença par parler en nous disant qu'on lui manquait, qu'elle continuait ses répétitions, etc. Yann écoutait sans rien dire. Puis elle entreprit de parler de la soirée en vue. Je sentis la jalousie quand il demanda : « Tu t'amuses bien alors ? » Elle rétorqua aussitôt en disant : « Ah mais pas du tout, depuis que vous êtes partis, je ne suis pas sortie ! » Luìs lui demanda des nouvelles des autres qui étaient encore au village, mais elle ne put pas vraiment répondre, affirmant qu'elle n'y était pas retournée. Et puis elle s'adressa à Yann :

— Dis donc, j'ai vu un truc étonnant sur toi !

Yann se figea de nouveau et nous regarda avec de gros yeux :

— Aaah bon ? Qu'est-ce que tu as vu ?

— Eh bien, j'ai surtout entendu en fait ! Grâce à Hugo !

— Noon, qui t'a fait voir la vidéo ?

Mon sourire répondit à sa question. Et sa gêne s'effaça d'un seul coup derrière son allié de toutes les circonstances : son humour. Il prit une inspiration et dit : « Oui, bon, je ne voulais pas vous en parler pour pas me vanter mais en fait, j'ai fait plusieurs auditions à Paris avec les plus grands chanteurs et j'ai refusé toutes les propositions car je voulais rester simple… La vie d'artiste ne m'intéressait pas avec toutes ces tournées, cet argent et surtout toutes ces femmes… » Il ne put finir son discours car tout le monde le pria d'arrêter de se moquer de nous. La plaisanterie avait détendu l'atmosphère. Après quelques autres mots sans importance, Barbara nous salua avec la patte d'un gros matou qu'elle tenait sur ses genoux et je coupai la connexion. Yann me dit en partant : « C'était sympa de la revoir ! » L'adjectif « sympa » était faible comparé aux réactions qu'il avait eues face à elle. J'aurais préféré qu'il m'en dise davantage mais bon, un garçon ne bavarde pas comme une fille !

Ajoutée au fait que je n'arrivais pas à trouver le sommeil, la chaleur me poussa à sortir m'aérer et boire un peu d'eau à la cuisine. En revenant à ma chambre, j'entendis de nouveau ces bruits de portes grinçantes et d'autres sons étouffés en provenance du sous-sol ; je tendis l'oreille mais les bruits cessèrent. Allongée sur mon lit, je réfléchis à une explication. Que fabriquait Rosita pendant ses insomnies ? Bon peut-être que ce soir, avec les boissons, elle avait été malade, la pauvre… Je me dis qu'il fallait que je lui en parle le lendemain. Mais une idée me vint d'un seul coup : et si elle s'était mise à fumer et qu'elle en profitait la nuit pour sortir ? Oui mais sa remarque, au sujet de sa gêne vis-à-vis de la fumée de cigarettes ? C'était sûrement pour brouiller les pistes… Je pensais que ça pouvait être possible vu ses derniers soucis, la difficulté à affronter les situations désagréables, toute seule. Elle pouvait avoir craqué comme certains sombrent dans l'alcool. En plus, je la trouvais particulièrement décontractée ces jours-ci… Et si elle fumait carrément autre chose que du tabac ?

35

Ce matin-là, je me levai en sortant d'un rêve où je jouais du piano devant un public comme l'avait fait Barbara. Je m'étais réveillée heureuse et surtout avec l'envie irrésistible de jouer. Il fallait cependant que j'attende l'heure où tout le monde serait debout pour me faufiler dans la salle de musique. J'allai voir dans la cuisine qui était levé.

Il n'y avait que Yann. Était-ce une opportunité ? Il finissait juste de remplir un pichet avec le jus d'oranges du jardin et m'en proposa.

— C'est trop bizarre de se retrouver tous les deux ce matin, tu trouves pas ? lui dis-je.

— Pourquoi ? Tu sais moi, je suis matinal. Et toi ? T'es sûrement tombée du lit ! J'espère que t'es pas tombée sur la tête et que tu ne vas pas me confondre avec Luìs !

Je regardai la pendule et effectivement il n'était que neuf heures. Sur la table, un papier signalait que les parents étaient déjà partis faire un tour à vélo. Sur un autre à côté, Luìs avait juste marqué « jogging » et signé comme s'il avait écrit en courant. Je voulais parler encore de Barbara à Yann, mais comment faire sans trop l'énerver ?

— Ah ah ah ! Non Monsieur le Don Juan, pas de risque !

— Don Juan ? Pourquoi tu m'appelles comme ça ?

— Je dis ça, je dis rien…

Je ne sais pas si mon approche avait été assez discrète mais j'attendais maintenant impatiemment sa réponse. Heureusement, il ne le prit pas trop mal et afficha l'embarras que je souhaitais pour faire des aveux. Il sourit et réfléchit à ce qu'il allait me dire, à moi l'évidente rapporteuse.

— Alors, si tu veux encore reparler de la danse de l'autre soir… J'ai juste fait un numéro à la John Travolta, pour déconner quoi !

— Ah oui mais ça dépend si tu parles de « La fièvre du samedi soir » ou de « Grease » parce que les intentions ne sont pas les mêmes ! Si tu vois ce que je veux dire !

— Pfff, j'vois rien du tout, tu m'embrouilles comme des œufs brouillés dès le petit matin !

Zut, je sentis monter l'agacement chez lui. Pour reprendre son image, il fallait que j'essaie de casser les œufs sans mélanger le jaune et le blanc…

— OK, tu voulais juste t'amuser alors !

— Oui… Mais non. J'avais aussi envie de danser avec elle.

— Et plus si affinités, non ?

— Vic !

Zut, un filet de jaune était tombé dans le blanc ! Je décidai d'arrêter car effectivement, j'avais l'impression d'être une représentante d'un club de rencontre. Je ne voulais pas non plus le braquer. J'essayai de récupérer le jaune.

— Ben, on peut parler quand même, entre amis, non ?

— Eh bien, je te le dis entre amis donc…

Sa phrase resta en suspens quelques secondes et je me dis : « Ça y est, je vais pouvoir monter des blancs en neige : il va me faire des révélations ! » Mais il ajouta simplement :

— J'ai passé une excellente soirée. Elle t'en a parlé peut-être ?

Bon, c'était un début… Mais, triple zut ! Sa question était mal tombée. Mon frère et Lucas déboulèrent dans la cuisine comme deux gloutons restés à jeun pendant des jours. Je regardai Yann en souriant, il attendait ma réponse et je lui dis par télépathie : « Tu voudrais bien savoir hein ? » ou encore « Je fais comme toi, je te fais languir… » Bref, il saisit le message car il posa ses coudes sur la table avec ses poings contre ses joues en m'interrogeant du regard pour ne pas laisser les garçons bruyants annuler ma réponse. En même temps, je ne savais pas quoi lui dire et, en vrai, cet intermède m'arrangeait fortement. Ce petit malin voulait évidemment un donnant-donnant et je me trouvai fort dépourvue, comme la cigale quand la bise fut venue ! Désolée, déformation scolaire de bas niveau ! Alors je lâchai un pauvre petit :

— Quoi ?

— Ben tu vois, moi aussi je sais poser des questions !

Bon, là c'est moi qui m'agaçais mais il ne fallait rien laisser paraître bien sûr.

— Ben je réponds que… elle m'a juste dit… qu'elle avait passé une excellente soirée.

Youhou ! Quelle répartie ! Voilà, j'avais repris le contrôle des blancs en neige, les œufs ne seraient pas brouillés ! Il me fixa méchamment avec une grimace signifiant : « Vilaine ! » Je me levai en souriant presque, comme innocemment. Je débarrassai la table et le quittai. J'avais très envie de rejoindre la salle de musique alors j'allai vite me préparer.

Cet amour naissant que je pensais entrevoir chez Yann me donnait des ailes. J'avais envie de l'exprimer sur les touches du synthétiseur. Une belle chanson d'amour… Mais soudain, je pensai à Alexandre et à cette problématique triangulaire. Je me dis que l'amour était vraiment un drôle d'oiseau, un « oiseau rebelle » comme le chante Carmen. Et c'est en pensant à la fin tragique de cet opéra de Bizet que l'envie de jouer me quitta immédiatement. Je réalisai que l'amour pouvait être aussi beau et doux que laid et cruel. Je m'inquiétais maintenant pour mon amie qui aurait à faire un choix, un choix qui laisserait sur le carreau un des deux amants.

36

Un jour mon prince viendra
Un jour on s'aimera
Dans son château heureux, s'en allant
Goûter le bonheur qui nous attend

CHANSON DU FILM « BLANCHE-NEIGE ET LES SEPT NAINS »

La balade de ce jeudi après-midi me changea complètement les idées. Les visites se concentraient sur le centre de la ville que nous n'avions pas encore vu et nous avions choisi de prendre le métro. Ce qui devait être juste un moyen de transport se transforma en petite galère pour certains et en aubaine pour d'autres.

À la caisse automatique, alors que tout le monde avait acheté ses billets, mon père rencontra de nouveau un problème avec sa carte bancaire. Il fallut donc prendre notre mal en patience le temps qu'il aille se renseigner à l'accueil. Rosita souffla un « Mais qu'est-ce qu'il fout ? », alors ma mère lui téléphona et il lui expliqua que le problème venait effectivement de sa carte. Une histoire encore abracadabrante : informatiquement parlant, il avait acheté les billets mais ils n'étaient pas payés. Pour régler le problème, on lui avait demandé de payer en monnaie, et bien évidemment, sinon cela n'aurait pas été marrant, il n'en avait pas ! Il avait dû chercher un distributeur, en vain. Finalement, il avait été obligé de sortir dans la rue pour trouver un commerce.

Pendant toute cette aventure, on s'occupait comme on pouvait. Avec Luìs et Yann, on se photographiait en faisant les imbéciles ; les parents, concentrés sur une carte de la ville, traçaient le circuit qu'ils voulaient faire. Quant à Lucas et Hugo, ils avaient trouvé une boulette de papier par terre et shootaient dedans en guise de ballon de foot. Comme ils commençaient à se faire remarquer, nos mères leur ordonnèrent de s'arrêter. « Attention aux passants ! » Ils stoppèrent net effectivement mais, faut pas rêver, c'était pas par obéissance ! Ils venaient de heurter, bien sûr, par la plus grande des maladresses, deux filles de leur âge.

— Oh pardon ! Euh… Comment on dit en portugais ?
— Mais c'est pas grave…
— Ah ! Mais vous êtes françaises ?

Et patati et patata, les voilà à papoter et tapoter sur leurs portables… Quels dragueurs ceux-là !

Quand mon père revint, les filles rejoignirent leurs parents qui étaient un peu plus loin. Les deux séducteurs, sourires idiots aux lèvres, nous rapportèrent qu'ils avaient échangé leurs numéros de téléphone. En effet, la plus grande des maladresses avait engendré le plus grand des hasards car ils nous expliquèrent qu'elles venaient de la région bordelaise ! Le monde est petit quand même… Un peu plus, ils draguaient à Lisbonne des filles de leur école ! Du coup cela aurait été nul ! Mais là, je délire.

Ce fut donc avec une bonne heure de retard que nous commençâmes notre visite. L'avantage, c'était que les Rivière et ma mère avaient eu le temps de bien visualiser le quartier sur le plan ! Le petit groupe de touristes que nous formions déambulait donc en bloc dans les rues. Heureux de prendre enfin l'air après ce séjour en souterrain.

Arrivés dans une rue commerçante, Rosita avait pris la tête de file. Alors que les vitrines des magasins aguichaient nos yeux avec leurs couleurs, leurs lumières et leurs grosses lettres avertissant de soldes monstres, ma tante nous incitait plutôt à nous attarder sur les constructions et montrait notamment du doigt tous les azulejos qu'il ne fallait absolument pas manquer. Elle marchait ainsi le nez en l'air et prenait des photos comme si elle était toute seule. Petit à petit, elle s'éloignait de nous sans trop s'en apercevoir et… c'était trop tentant de lui faire une blague ! Petits chuchotements entre nous et coups d'œil complices, nous décidâmes tous de nous cacher derrière elle, sur les côtés, tout en l'observant bien sûr de loin. Elle continuait sa route, candide, avec son allure typique de touriste, l'appareil suspendu au cou, la main prête à dégainer pour un cliché. D'autres personnes commençaient à s'agglutiner derrière elle. Rosita s'arrêta. Nous nous tenions prêts. Mais elle repartit sans regarder derrière elle. Puis fit une seconde pause. Elle semblait être persuadée qu'elle était juste devant ma mère alors elle se pencha légèrement en arrière et leva l'index pour montrer quelque chose qu'elle fixait. Et elle continua dans son délire en attrapant carrément le bras de la personne qui était juste derrière elle. Bien sûr, « l'attrapée » se rétracta et Rosita, surprise, fut forcée de se retourner. Elle sursauta. Mais un sursaut d'un autre monde ! Sa bouche grande ouverte et sa main sur la poitrine attestaient sa gênante confusion. Je ne la voyais pas trop bien mais je suis sûre qu'elle était toute rouge de honte quand elle adressa un mot d'excuse à l'inconnue. La dame en question ne s'attarda pas et reprit son chemin. Quand Rosita nous chercha au loin, nous fîmes notre apparition dans un énorme fou rire ! Nous avions eu l'intention de lui faire peur mais nous n'avions pas imaginé cette situation ! Trop forte notre Rosita. C'était d'autant plus réussi que Yann, le filou, avait tout filmé ! Notre tante traita les garçons de « petits cons », persuadée que la blague venait uniquement d'eux, et jura qu'elle se vengerait.

Notre circuit devait nous mener Place du Commerce, face au Tage. Dans la grande rue Augusta, déguisé en statue de bronze, un couple assis et immobile devant une table faisait la promotion d'un spectacle de fado. Ma mère, qui avait toujours de superbes idées, voulut que nous nous mettions à leur côté pour une photo de groupe. Cela paraît improbable mais, une fois la photo faite, Charlotte réussit à accrocher sa jupe à un bord de la table en ferraille (il fallait décidément qu'elle arrête de mettre des jupes !) qui bascula au sol, entraînant des prospectus qui voltigèrent dans tous les sens. Nous étions tellement désolés que chacun d'entre nous se mit à les ramasser à toute vitesse. « Pourquoi veux-tu absolument te faire remarquer, Charlotte ? » se moqua mon père.
Yann remarqua :

— Pas la peine de vouloir faire des blagues, elles s'en font toutes seules !

Et mon père ajouta :

— C'est ça, t'as remarqué toi aussi ? Toujours par les nanas !
Ma mère s'offusqua :

— Pardon ? Et ce matin, qui c'est qui nous a fait poiroter ?
Alors il grogna :

— Oui… Mais c'était pas pareil, c'était pas du tout marrant…

Je me disais que si je racontais toutes ces « aventures » à quelqu'un, on ne me croirait pas ! Il y aurait même matière à écrire un livre du style « Les malheurs de Sophie » revisité en « Les malheurs des Martinez & Rivière » !

Après cet incident, l'ascension au sommet de l'Arc de Triomphe de cette même rue nous permit d'être éblouis par une magnifique vue panoramique. Enfin, une contemplation plutôt rapide car, comme d'habitude, cela ne dura pas. Luìs se mit à me chatouiller et vu que j'ai un peu le vertige, je commençai à hurler. Sur ce, ma mère me cria de redescendre car je lui faisais peur ! Et là-dessus, mon père hurla à son tour sur ma mère pour lui dire qu'elle n'avait pas à hurler comme ça. Et finalement ces élévations de voix se transformèrent en un chœur de fous rires incontrôlables.

Nous courûmes ensuite vers le bord du fleuve. Les pieds dans l'eau, séance photos obligatoire pour tout le monde avec cette vue imprenable sur le pont du 25 avril et la statue du Christ au loin. On aurait pu s'imaginer à San Francisco avec la ressemblance avec le Golden Gate ou à Rio de Janeiro avec le Cristo Rei. Cette ville m'enchantait décidément de plus en plus. Dans les rues, les azulejos sur les murs, les balcons, tous différents, étaient tellement atypiques que je faisais des selfies avec Luìs partout. Dans une boutique, il m'offrit une belle bague ciselée et moi je lui choisis un bracelet noir. Nous pensions tous les deux à notre séparation pendant laquelle ces photos et ces souvenirs nous seraient d'un grand soutien.

— Si tu veux, on pourra revenir ici un jour, rien que nous deux !
— Je voudrais bien mais, Luìs, nous avons Madrid à faire d'abord, non ?
— Oui, mais je te parle de… Un jour, plus tard !

Sa façon de voir notre relation était tellement rassurante. Pour lui, c'était clair depuis le début, nous étions un couple d'avenir. Ce n'était pas évident d'entendre cela de la part d'un garçon. Je n'avais jamais eu de petit ami avant, mais mes potes m'avaient souvent décrit la mentalité du sexe opposé et ce n'étaient apparemment pas des histoires longues qu'ils recherchaient à notre âge ! Luìs m'avait dit qu'il avait eu d'autres filles avant moi mais que c'était toujours à moi qu'il pensait. Ouh là là ! Mais après tout, pourquoi ne pas croire au grand amour ? Pourquoi croire toutes les méchancetés que me disaient les autres filles dont cette chère Inès dernièrement ? Dans tous les cas, j'avais très envie d'y croire et moi aussi je voyais mon avenir avec lui. Au fond de moi, c'était une évidence mais j'avais été méfiante jusqu'à présent. Comment admettre que le tant controversé « prince charmant » existe vraiment ?

Après le repas j'avertis Luìs que j'allais m'isoler dans ma chambre pour parler à Barbara, j'étais trop impatiente qu'elle me raconte sa soirée avec les garçons. Je m'étais dit que je ne lui confierais ce que je savais que si elle me le demandait, que si cela la préoccupait, et en essayant de rester vague pour ne pas trahir les confidences des mecs. J'avoue qu'elle m'agaça un peu parce qu'elle avait décidé de parler de musique. Elle était enthousiaste par rapport aux progrès qu'elle avait faits au piano et me joua même un morceau pour que j'entende ses améliorations. Je me forçai à me concentrer. Et finalement, elle m'embarqua dans son élan musical. Je me surpris à apprécier de mieux en mieux la justesse des notes. Les différentes nuances s'aiguisaient à mon oreille par rapport à mes débuts. Je lui fis part de mes remarques et elle félicita ma pertinence. Puis, sans transition, elle dit :

— Bon ! J'imagine que tu dois avoir envie de savoir comment ça s'est passé hier soir ?

— Ben ouiii ! dis-je en joignant les mains comme pour supplier.

— Tu sais, ce village a un pouvoir magique : il permet de se sentir bien. C'est une bulle d'amitié et… d'amour…

— D'amour ? Ouh là là, ne me fais pas languir ! Dis-moi !

Je sortis de la chambre trente minutes plus tard. Je rejoins Luìs avec l'envie folle de lui rapporter ce que Barbara m'avait raconté. Je le trouvai dans la cuisine, concentré sur une partie de cartes avec les autres. Dès qu'il me vit, il me dit :

— T'inquiète pas, je vais arrêter de jouer parce que ton frère et Lucas ne cessent pas de tricher, je suis trop fort pour eux !

— Non mais pas du tout ! rétorquèrent-ils en chœur.

Il termina la partie et nous nous isolâmes dans la salle de musique.

— J'ai des nouvelles du pueblo ! m'exclamai-je presque en chantant.

Comme cela semblait l'intéresser quasi autant que moi, je lui dévoilai tout ce que Barbara m'avait raconté.

Pour commencer, Alexandre était resté effectivement scotché à elle. Elle avait évité l'alcool qui lui avait joué des tours la fois précédente. Peu de temps après, les cousines catalanes s'étaient jointes au groupe. Serena avait essayé d'accaparer Thomas et Alexandre. Barbara avait été à la fois soulagée qu'il s'occupe ailleurs et jalouse qu'il s'amuse avec elle. Mais, sans trop de difficulté, c'est Thomas qui avait mordu à l'hameçon. De même, Pablo s'était fait hameçonner – encore plus facilement – par une autre fille qui s'appelait

Elsa. Avec toutes ces histoires, Luìs me fit rire quand il dit, avec son petit accent espagnol :

— Eh ben, ça a pécho grave au pueblo !

Moi, cela ne m'étonnait pas trop et même, j'aurais bien souhaité que Barbara me dise qu'Alexandre s'était fait charmer par une de ces filles pour qu'il la laisse tranquille. Mais au contraire, elle me disait avoir senti son regard sur elle tout le temps. Elle avait passé une soirée géniale et elle regrettait bien sûr que je n'aie pas été là. Luìs m'interrompit :

— C'est cool ça ! Et donc, Alexandre est resté sage !

— Ah mais attends, j'ai pas fini !

En effet, Alexandre avait raccompagné – non sans plaisir – Barbara chez elle. C'était la condition sine qua non pour que sa tante accepte cette sortie : ne pas rentrer seule. Ils avaient marché en discutant des liens qui s'étaient créés entre les garçons et les filles ce soir-là, et même d'autres qui semblaient se profiler. Mais, au moment des au revoir… arriva ce qui devait arriver.

— Elle a cédé à la tentation, elle l'a embrassé ?

— Ben ouais…

— T'as l'air déçue !

— Oui, c'est bête et ça, je ne le lui dirai jamais, mais j'aurais préféré qu'elle choisisse mon ami Yann.

— Je comprends, tu aurais pu la voir plus souvent, n'est-ce pas ?

Luìs me quitta ce soir-là plutôt amusé de ce qu'il s'était passé au village. Moi, j'étais d'humeur mitigée : d'un côté, contente pour Barbara qui finalement se sentait heureuse et d'un autre côté, embêtée pour Yann. Avant de m'endormir, je l'entendis encore me dire combien elle était sur un nuage car c'était la première fois qu'elle embrassait un garçon. Et puis, elle me décrivait un Alexandre si doux et si délicat, des qualités qu'elle appréciait. Qualités cependant qu'elle ne retrouverait probablement pas chez Yann, le sportif parfois brut. Me revint ensuite la mélodie qu'elle m'avait jouée ce soir-là, et je m'endormis.

37

En ce dernier matin des vacances, je fus réveillée par un léger raffut provenant de la cuisine. Ça sentait bon le petit-déjeuner réconfortant. J'aperçus mon beau Luìs, cheveux décoiffés, petits yeux pas trop réveillés et avec un t-shirt large. Il pressait des oranges en compagnie de Rosita, Hugo et Yann. Je ne le regardais pas seulement, je l'admirais. Il me sourit en me disant :

— *¡ Holà guapa ! La mujer más bella !* (Salut ma jolie ! La plus belle des femmes !)

Au moins, on s'appréciait même au réveil ! Je m'approchai de lui en souriant pour l'embrasser.

— Tiens, j'ai fait griller du pain, tu en veux ?

Mon frère se mêla de notre conversation :

— Oh trop mignons les tourtereaux ! Glou, glou !

Je lui envoyai une petite tape à l'épaule et il me fit une grimace. Je lui lançai une boulette de pain et il m'imita. Ne voulant pas qu'il ait le dernier mot, je lui en renvoyai une autre et bien sûr, ce fut la dégringolade : bataille de boulettes ! Ma mère déboula catastrophée en criant de nous arrêter. Mais nous, on s'amusait bien !

— T'inquiète pas ! On va tout nettoyer ! la rassurai-je.

— Ben, j'espère bien ! Je reviens dans dix minutes et je ne veux plus voir aucune bouteille ! Euh… boulette ! Mince.

Ma mère avait encore dérapé même si cette fois, ça allait, on avait entendu pire ! Mais mon frère avait de la suite dans les idées :

— Mais oui, maman, on enlève toutes les bouteilles que ma sœur a sifflées cette nuit, vu la tête qu'elle a ce matin !

Et comme il rigolait de sa blague, je lui balançai le balai et je pris la pelle. Les autres nous aidèrent en s'occupant de la table et des meubles. Tout rentra dans l'ordre et nous déjeunâmes finalement bien tranquillement. Luìs dit qu'il n'irait pas courir ce matin, un peu fatigué. Mon frère, décidément très en forme de bon matin, me regarda bizarrement et me dit :

— Bon alors ? Qu'est-ce que tu as fait cette nuit ? Enfin, plutôt… qu'est-ce que vous avez fait ?

Il regarda Luìs en même temps en ricanant. À ce moment-là, j'eus envie de me jeter sur lui et de lui arracher sa tignasse ! Il m'énervait car en plus, justement cette nuit, j'avais bien dormi. Du coup, je profitai de cette attaque pour tenter d'ouvrir certaines portes.

— Eh bien si tu veux tout savoir, oui, j'ai veillé un peu hier soir car j'ai discuté avec mon amie Barbara… (je regardai Yann) et puis aussi, il y avait des bruits dans la maison qui m'ont empêchée de m'endormir (je regardai Rosita).

Ma tante prit directement la parole :

— Ah bon ? Comment ça, il y a des fantômes ?

Lucas entra et intervint :

— Ouh ! Tu crois aux fantômes ! Ouhouh !

— Ouh ouh ! Je sens qu'on va te faire des blagues, à toi ! renchérit mon frère.

Je ne voulais pas trahir son secret devant les autres mais aborder le sujet me permettrait de lui en parler plus tard.

— Non, mais arrêtez ! Les bois de la maison craquent, c'est peut-être à cause de la chaleur. Et puis aussi, comme j'ai souvent chaud, je me lève…

Et Yann ne manqua pas la petite boutade.

— Tu entends, Luìs ? Elle est chaude la nuit !

Je me défendis :

— Yaaann ! J'ai pas dit « chaude » ! Quelle bande de… nuls ! Il y a « Hugo le lourdaud » et « Yann la vanne », j'ai pas fait exprès mais ça rime en plus ! Pas un pour rattraper l'autre !

— Ah ah ah ! Vous avez vu ? Moi, ça va, rien à dire ! triompha Lucas.

Je rétorquai :

— Eh bien, t'es pas un ange, toi non plus !

Ma mère revint et annonça :

— Bon, ça va. Au fait, à midi, c'est barbecue et après-midi, nous finissons la visite du centre de Lisbonne. Alors faut pas traîner. Hugo, si tu veux tu pourras aider ton père pour allumer le feu.

Hugo attendit que ma mère tourne les talons et chanta à tue-tête le refrain de la chanson de Johnny Hallyday :

— Ah oui ! « Allumer le feu ! » Mais ça, il faut le dire à Luìs !

Je soufflai de désolation tant il me fatiguait et décidai de ne pas répondre. Luìs marqua un temps de réflexion pour comprendre la vanne et finit par féliciter mon frère pour sa blague. Pfff les mecs !

Comme prévu, nous prîmes le repas dans le jardin, sous les citronniers et les orangers, c'était vraiment agréable. Nous commencions même à nous attarder quand une compagnie de guêpes fit son apparition et finit par nous chasser. Mais ces petites bêtes avaient raison, on devait se presser… Sous les citrons… Ha ha ha !

Les portières des voitures claquèrent en se fermant. En route, direction Lisboa pour la dernière après-midi. Ma mère nous avait dit qu'il nous restait des « incontournables » à voir ; pour moi, c'était surtout la dernière journée. Dernière journée dans cette magnifique ville, dernière journée des vacances. Je ne m'éternisai pas sur ces pensées mais… elles étaient là. Je posai ma main sur celle de Luìs, il me regarda et je lui souris. Il me dit, comme pour effacer ma mélancolie apparente : « En avant vers de nouvelles aventures ! »

38

*N*ous commençâmes par l'ascenseur de Santa Justa. D'habitude, la hauteur me désarçonne mais là, comme c'était clos, je n'avais pas peur, rassurée par la présence de mon chevalier protecteur ! Je serrais sa main très fort. Lucas et Hugo regardaient leur portable et Yann plaisantait avec les hommes. Cependant, je sentais que les femmes n'étaient pas très à l'aise, surtout Rosita. C'est vrai que cet ascenseur n'avançait pas trop vite, pas trop bien, il crissait, donnait des petites secousses… Rosita souffla et dit « Pétard, ça va pas recommencer ! Avec ma chance… » Hélas les craintes féminines se confirmèrent. La cabine s'arrêta brusquement dans une dernière grosse secousse. Après l'effet de surprise, toutes les personnes présentes se mirent à souffler et à râler. Et moi, je murmurai à Rosita :

— J'aurais paniqué sans Luìs ! Tu as eu du courage toi la dernière fois quand tu as été bloquée avec les garçons !

Sur ces mots, mon père qui était à côté de moi me lança un regard bizarre et Yann pouffa de rire. D'abord, je ne compris pas pourquoi il riait ni pourquoi mon père avait les yeux rieurs. Je ne saisis qu'après quelques secondes le sens du jeu de mots que Yann avait relevé. Il enchaîna :

— Oui parce qu'avec Luìs… Forcément, c'est différent !

Rosita était morte de rire et quand ma mère demanda pourquoi elle riait, elle répondit que les garçons avaient encore fait un jeu de mots obscène et qu'il valait mieux qu'elle ne sache pas. Luìs souriait légèrement et moi, gênée devant mon père, je dis :

— Pfff, on ne peut rien dire sans que ce soit déformé avec vous !

Ce petit intermède avait eu le mérite de détendre un peu l'atmosphère. Mais Rosita reprit son air sérieux et dépité et, après avoir soufflé bruyamment, elle dit :

— Panne d'ascenseur au début de la visite de Lisbonne, panne d'ascenseur à la fin, super, la boucle est bouclée !

Alors mon père rétorqua :

— Ah ben, voilà ! On a trouvé : c'est toi le chat noir !

— Non mais ! Tu sais ce qu'il te dit le chat noir ?

— Ben, oui ! Il dit : miaou, miaou !

— Rhoo ! Punaise mais t'es pas un beau-frère toi, tu es un bof frère !

Ma mère, qui entendait ce chahut, se retourna en faisant les gros yeux à mon père et à Rosita pour demander le silence. On voyait qu'elle avait un peu honte de sa famille devant les autres passagers. À part Rosita qui grimaçait, on se mit tous à attendre plus calmement. Charlotte avait décidé de se faire une tresse pour déstresser (ça c'est un bon jeu de mots !). Christophe blaguait avec ma mère, Lucas était en plein jeu sur le portable avec Hugo. Tout le monde chuchotait plus ou moins pour passer le temps. Certaines personnes étaient connectées à leur téléphone, d'autres fouillaient dans leur sac en espérant y trouver une occupation, il y en avait même qui semblaient faire connaissance. Mais les minutes étaient longues, surtout en position debout. Avec Luìs, nous nous étions accroupis, serrés l'un contre l'autre, et nous regardions nos photos en les commentant. Il n'arrêtait pas de dire que j'étais belle et qu'il aurait de bons souvenirs en attendant ma venue en Espagne. C'était aussi ce que je pensais le concernant. Je songeais également un peu à la rentrée et forcément à Pauline en me disant que finalement, ces photos seraient plus éloquentes pour lui présenter ma nouvelle vie. Elle en serait « verte ». C'est sûr, on formait un trop beau couple sur ces photos !

Clic, clac, hiiiiic, vroumm… Le moteur de la cabine se remit à fonctionner et nous poussâmes tous un « aaahhh ! » de soulagement. La suite de l'après-midi se déroula normalement. Nous eûmes même le courage d'affronter la montée dans le funiculaire de Bica. Après tout, la poisse n'allait pas s'acharner sur nous ! Cependant Rosita, comme à son habitude, ne put s'empêcher d'en douter en nous rappelant le dicton « jamais deux sans trois ! » Eh bien non ! Nous atteignîmes le quartier des hauteurs de Lisbonne, le « bairro alto », sans le moindre souci. Un visage encore différent de la ville avec toutes ces rues peintes de couleurs vives et surtout cette extraordinaire vue panoramique. Le quartier ancien était calme, le point de vue nous donna l'occasion d'une petite détente tandis que nous vidions nos sacs à dos de leurs boissons et gâteaux. En continuant notre balade, nous passâmes devant une quantité de bar fermés, mais l'un d'entre eux était ouvert et il s'en échappait une musique portugaise vraiment entraînante. Luìs fit du coude à Yann :

— Là, il faudrait y retourner le soir, je suis sûr que ça doit être vraiment cool !

— Tu m'étonnes ! En plus, je goûterais bien à une bière portugaise ! Ah ! Si on avait le permis, on se ferait une virée ! Je partageais leur enthousiasme.

— Ah ouais ! Trop dommage !

Nous ne rentrâmes pas tard ce soir-là à cause du voyage retour du lendemain. En plus, nous avions promis aux mères que nous aiderions au nettoyage des moules pour le dîner. Excepté Christophe et mon père qui préparaient des mojitos dehors, nous nous installâmes tous en cuisine. Yann faisait défiler sur une tablette les photos qu'il avait prises. Il se félicitait en vantant ses talents de photographe. Comme si ce n'était pas la ville qui était belle mais plutôt lui qui la mettait en valeur… Mais bien sûr !

39

*Rosa, chiquilla loca (*Rosa, petite folle)
Quisiera conquistar tu corazon (Je voudrais conquérir ton cœur)
*Y estar juntito a ti toda la vida (*Et être avec toi toute la vie)
*Oh, Rosa, querida (*Oh, Rosa chérie)
*Oh, Rosa, Rosita (*Oh Rosa, petite Rosa)

« ROSA, ROSITA », CHANSON PAR ROBERTO CARLOS

Yann avait les yeux fixés sur l'écran et semblait soucieux.
J'actionnais le défilement. Il demandait de revenir en arrière
puis d'avancer. Il m'intriguait. Tout le monde était devant ces
photos, sauf Christophe et mon père qui préparaient l'apéritif.
Yann commençait à nous agacer avec ses observations
bizarres. Son frère lui dit :
— Bon, Yann, on peut regarder les photos normalement ? Tu
nous soûles ! Tu les regarderas en détail plus tard !
Yann avait du mal à s'exprimer et c'est inquiet qu'il déclara :
— C'est pas ça, y'a un problème.
— Quel problème, y'a un bug ? Qu'est-ce que tu racontes encore
? demanda Charlotte comme s'il disait des bêtises.
— Regardez bien l'arrière-plan de ces photos prises à Lisbonne.
Lucas s'énerva après son frère :
— C'est bon, Yann, arrête de faire flipper tout le monde !
— Ben désolé, mais regardez bien !

Il faisait défiler les photos en montrant quelque chose avec son doigt, et effectivement, sur quelques clichés, dans la foule, sur un côté ou derrière un poteau, on pouvait remarquer la silhouette d'un homme, visage fixé sur nous.

Tout le monde fit un « Oooh ! » et moi je m'exclamai « Mais c'est quoi ce délire ? » J'avais des frissons. Et personne ne savait quoi dire. Nos mères appelèrent les hommes.

— Regardez, ici, là et encore là, c'est la même tête non ?

La colère de mon père monta d'un coup.

— Putain ! Mais c'est quoi ce bordel ? C'est qui ce type ? Il mate qui ?

Personne ne répondait. Tous concentrés dans nos réflexions, nous ne savions pas quoi suggérer.

— Bon, ben heureusement qu'on part demain… Mais on va quand même faire gaffe. Va falloir ouvrir l'œil et à la moindre personne suspecte que vous voyez, vous me le dites et au pire j'appelle les flics. Quand je pense à la blague qu'on a faite à Rosita dans la rue, on n'est pas malins par moments !

Nous étions assis à la grande table à manger. Pour la première fois, l'inquiétude remplaçait notre bonne humeur habituelle. Les adultes examinaient de nouveau les photos pour peut-être y voir un détail, une personne visée plus qu'une autre.

Quant à moi, l'idée que nous avions été épiés, peut-être toute la journée, m'effrayait. J'imaginais des horreurs : des tentatives d'enlèvement, de viol ou même de meurtre. J'étais silencieuse et Luìs essayait de me réconforter en m'entourant de son bras et en m'embrassant. Ma mère se leva et dit :

— Allez, ici il n'y a personne d'autre que nous. Alors on va essayer d'oublier cette histoire. Vous vous souvenez que nous avons des moules à gratter pour ce soir ! Tout le monde avait promis d'aider ! Alors, au boulot !

Elle déposa les coquillages sur la table et prépara tout ce qu'il fallait. On s'était à peine mis à la tâche que Rosita se leva et coupa notre élan de courage :

— Bon, c'est bon, j'avoue tout.

Tous les yeux se tournèrent vers elle. Un dialogue s'engagea avec sa sœur :

— Qu'est-ce qu'il y a encore ?

— C'est à Irùn.

— Quoi, c'est à Irùn ?

— Que… Que je l'ai rencontré.

Hugo pouffa et nous dit :

— Ça y est, elle a vu la vierge !

On le regarda tous avec désolation. Ce n'était peut-être pas le moment de plaisanter. Ma mère continua à formuler les questions que nous nous posions.

— Bon, sérieusement, tu as rencontré qui ?

— Eeeh !... José ! c'est José, sur les photos.

— José ? *Quién es ese ?* (Qui est-ce ?)

— J'ai fait simplement sa connaissance là-bas et nous avions beaucoup d'affinités et comme le hasard fait bien les choses, il se trouve qu'il habite Lisbonne. Et donc, on se voyait de temps en temps, il me suivait un peu, tu vois…

Ma mère se mit en colère à son tour.

— Non, je ne vois pas le truc, excuse-moi ! C'est quoi cette histoire ? Vous vous voyiez pour faire quoi ?

Mon père intervint :

— Euh, là Alex, on veut pas forcément tout savoir !

— Ben, excuse-moi, mais venant de Rosita… Ça m'étonne un peu, c'est tout ! Elle a rencontré un homme et elle ne nous le dit pas… Elle est inconsciente ! Il y a tellement de malades mentaux qui courent les rues ! Et en plus, elle nous fait tous flipper !

Ma tante se justifia :

— Je sais, j'ai eu tort. Je suis vraiment désolée mais… Je n'arrivais pas à vous l'avouer, je n'osais pas… Parce que justement je ne vous ai pas habitués à fréquenter des hommes. Mais je vous l'aurais dit plus tard, c'est sûr ! Il est vraiment bien, y'a pas de problème Alex.

Elle baissait la tête, comme une gamine, avec culpabilité. Et moi, en écoutant son mea culpa, je repensais au fait qu'elle n'avait pas dit non plus qu'elle fumait. Je ne comprenais pas pourquoi elle nous faisait toutes ces cachotteries. Peut-être même que c'était cet homme qui l'avait incitée à fumer… Et aussi à boire ! Oh là là ! Je voyais alors ma tante sous un angle différent. Cela me faisait un peu peur d'assister à la métamorphose d'un ange en démon. Où était ma Rosita ?

Mais ce n'était pas tout. Ce qu'elle avoua par la suite nous sidéra encore plus.

— Bon, tant que j'y suis… Ben… Il y a autre chose.

Je me disais, ça y est, elle se jette à l'eau, elle décide de parler de la cigarette ou de la fumette.

— Encore ? Je crains le pire maintenant ! dit ma mère en tapant la paume de sa main sur son front en mode « désespérée ».

Mais cette fois-ci c'était le vrai mode « désespérée », pas celui qu'elle prend quand elle entend une blague vaseuse.

— Eh bien, en fait, il vient me voir tous les soirs, ici, en bas…

Tout le monde poussa un énorme « Quoi ? »

Je me remémorai tous les bruits que j'avais effectivement entendus les nuits.

Mon père, le chef de famille, prit le micro de l'interrogatoire :

— Comment ça, il vient ? On n'entend rien ! Il rentre comment ?

— Il se gare plus haut et finit à pied… Mais… Si vous êtes d'accord et pour me faire pardonner, je peux lui dire de venir plus tôt ce soir et je pourrai vous le présenter…

Elle montrait maintenant une mine de chien battu alors tout le monde la rassura et acquiesça. Cependant, vu l'ambiance « secrets dévoilés », je ne pus m'empêcher de lui dire :

— Mais du coup… Tu t'es mise à fumer ou pas ?

Tout le monde me regarda perplexe puis finit par éclater de rire. J'expliquai ensuite la raison de ma question mais personne ne m'écoutait sérieusement.

La pression retombait petit à petit et on avait l'impression de mieux respirer. On se mit enfin à nettoyer les moules. Rosita s'absenta et chacun donna son avis. Nous étions tous stupéfaits de cette relation. Ma mère nous raconta que Rosita était célibataire depuis son adolescence, qu'elle aimait sa liberté. C'est sans doute pour cela qu'elle n'avait pas osé nous en parler. Je repensai à elle ces derniers jours, à son air heureux, à tous les moments où je l'avais vue tapoter sur son téléphone et à ses nombreuses absences. Je me repassai le film et tout s'éclairait maintenant. Sacrée Rosita !

- 40 -

A place I never dreamed I would go
(Un endroit où je n'aurais jamais rêvé d'aller)
Feels like only yesterday
(On dirait que c'était hier)
I had locked my heart away
(que j'avais enfermé mon cœur)
Safe behind a castle of stone
(en sécurité derrière un château de pierre)
Only me and you
(Seulement moi et toi)

« ONLY YOU », LOVE THEME FROM THE YOUNG VICTORIA
  CHANSON PAR SINEAD O'CONNOR

Après le dîner, le fameux José fit son entrée parmi nous. Il était portugais et ne parlait pas trop mal le français. Avec un bandana rouge sur la tête, il avait une bouille sympathique, très souriante. Tout le monde était content de faire sa connaissance et cela semblait réciproque. Une bonne ambiance régnait sur cette terrasse. José se sentait à l'aise et avait de l'humour, ce qui plaisait beaucoup aux hommes. Je mis ma playlist en sourdine mais ma mère me demanda de monter le son pour que l'on puisse danser. Nous fîmes donc une petite fiesta pour fêter la fin de nos vacances et l'arrivée de José.

C'est finalement assez tard que nous partîmes nous coucher. Néanmoins, je n'avais pas sommeil, je pensais à ma sacrée petite Rosita, à notre dernière conversation au restaurant et à mon intuition que les choses pouvaient changer. Je me souvins qu'elle se réjouissait pour mon bonheur avec Luìs alors qu'à ce moment-là elle était déjà avec son José ! C'était ouf cette histoire ! Mais j'étais encore plus contente pour elle qu'elle-même pour moi ! Maintenant Rosa voyait la vie en rose !

Dans le couloir, le parquet se mit à craquer. Les amoureux n'avaient plus besoin d'ouvrir les portes extérieures. Ils continuaient à faire du bruit mais cette fois-ci à huis clos ! Je me dirigeais vers mon lit quand j'entendis un chat miauler longuement dehors… Sans doute un chat amoureux ! Et puis, juste après, on gratta à ma porte. Je ne sais pas pourquoi mais j'étais persuadée que c'était Rosita qui venait me parler de José. J'ouvris la porte et découvris Luìs. Je le fis vite entrer de peur qu'on ne le voie me rejoindre à cette heure tardive. Les chambres étaient bien séparées les unes des autres mais on ne sait jamais, il valait mieux parler à voix basse.

— Qu'est-ce qu'il y a ?
— Rien de spécial, je viens te voir, j'arrive pas à dormir et les autres ronflent déjà…
— Moi non plus j'ai pas sommeil, je pensais à l'histoire de Rosita, c'est ouf non ?
— Oui, surtout que personne n'avait entendu José !
— Euh si, moi j'entendais, mais bien sûr j'étais loin de me douter qu'il s'agissait d'un homme !

— Oui, ce qui prouve que les murs sont bien in-so-no-ri-sés…

Il articulait ce mot parce qu'il n'était pas facile à prononcer pour lui mais son sourire malicieux laissait sous-entendre qu'il le faisait exprès pour insister sur cette idée.

— Luìs, qu'est-ce que tu insinues ?

— In-si-nu-es, encore un mot compliqué, ça veut dire quoi ?

— Fais pas l'innocent ! Pourquoi tu parles des murs « in-so-no-ri-sés » (je l'imitai) ?

— Eh bien, in-so-no-risé, je sais que ça veut dire que personne ne nous entend…

Il me mettait devant le fait accompli, je n'avais pas les mots et encore moins le cœur de le contrer. Après cela, seuls nos corps communiquèrent.

Cette nuit-là, deux étoiles se mirent à scintiller délicatement, sensuellement, infiniment. Une résonance parfaite, un charme irrésistible et une vibration intense les unissaient dans une même gravitation. Chacune réfléchissant la lumière de l'autre. Et il en émana un rayonnement unique et resplendissant.

Elle fut longue la route
Mais je l'ai faite, la route
Celle-là, qui menait jusqu'à vous
Ma plus belle histoire d'amour, c'est vous

« MA PLUS BELLE HISTOIRE D'AMOUR », CHANSON PAR BARBARA

*Q*ui aurait cru que, dans une salle froide et silencieuse, devant un surveillant tristement cravaté et face à une feuille d'examen officiel, j'allais replonger dans l'émotion de mes dernières vacances ?

Je planche donc, en ayant à l'esprit Luìs, Barbara, Inès, Mélissa, Léa, Laura, Pauline, Mateo, Pablo, Alexandre, Thomas, Antonio, Diego, Yann, Rosita et aussi la famille Rivière ainsi que mes parents. Je pense à leurs comportements dans ce contexte de vacances, en dehors de la routine et des soucis quotidiens. Je souris. Je pense aussi à moi-même, à mes prises de conscience des vraies valeurs et de ma propre personnalité. Je me réjouis.

L'amitié entre mes parents et la famille Rivière m'a toujours fascinée et aussi inspirée. Force est de constater (c'est une expression qui en jette !) qu'il existe entre certaines personnes une connexion particulièrement étonnante. Un courant linéaire qui passe immédiatement. Une sensation de compréhension spontanée, de complicité simultanée et donc de confiance totale. C'est par cette affinité que s'installe l'amitié et c'est de ce lien que naît le véritable sentiment amoureux. Le grand « A » de l'Amitié et de l'Amour. On dit qu'on est sur la même longueur d'onde et c'est exactement ce que j'ai expérimenté. Une entente qui se découvre, se renforce et s'apprécie au fil des conversations, quand les idées se rejoignent et les réactions sont « attendues ». Loin d'être une communication avec un miroir c'est plutôt une résonance. Ce n'est pas un reflet mais une complémentarité. C'est un partage, un échange d'idées concordantes où chacun apprend un peu plus de la vie, où chacun parvient à son épanouissement personnel et donc au bonheur. Et quand survient le désaccord, il est paradoxalement le bienvenu parce que source d'enrichissement.

C'est ce que Pauline n'avait pas compris. J'avais remarqué qu'elle faisait exprès d'aimer les mêmes choses que moi pour que je l'aime davantage. Elle essayait d'être mon double. Ses conseils étaient faussés car ils se calquaient sur ceux qu'elle savait que je voulais entendre. S'habillant comme moi, faisant ce que je voulais faire, pensant ce que je pensais, elle s'efforçait de m'apporter son affection. Mais c'est tout le contraire, la véritable amitié se nourrit de l'échange naturel, sans artifice. Pauline puisait tout ce dont elle avait besoin en moi. Mais le goût pour la musique comme pour toute autre passion ne s'improvise pas, ne s'adopte pas évidemment. Elle ne put me suivre dans le cursus que je choisis pour la suite de mes études. Nos chemins se séparèrent naturellement. De toute façon, je me demande comment aurait pu évoluer cette amitié de surface. Eh oui, Monsieur Platon, vous avez raison:

quand on a vu la lumière de la réalité on ne peut plus se contenter des ombres.

De mes ex-amies d'Espagne j'ai également retenu des enseignements. Elles m'ont fait prendre conscience de l'existence de relations autant superficielles que toxiques. Ce sont des personnes qui nous suivent dans la vie par commodité et finissent par nous laisser par manque d'intérêt ou à la moindre erreur. Mais le temps consume les masques que ces gens portent. Des masques magnifiquement colorés de gentillesse mais qui cachent une affreuse jalousie polluante. Quand les vrais visages apparaissent, ils nous libèrent de toute culpabilité éprouvée après une maladresse. Sans surprise, je n'ai plus reçu de leurs nouvelles et je n'en ai ressenti aucun manque. Cependant, je les remercie de m'avoir menée vers Barbara. Ce tremplin pour atteindre mon objectif.

En revanche, la bande des garçons m'a montré une autre forme de relation, sans filtre ni masque. Des liens spontanés et dignes de confiance. Nous sommes régulièrement en contact. Ils me racontent même leurs histoires avec les filles. Notamment celles de Mateo et Antonio qui sont sortis avec deux cousines de Diego, le temps des vacances. Des amitiés légères mais solides.

Et notre sacrée Rosita nationale ? Elle, elle m'a fait prendre conscience que la vie peut être sacrément surprenante. Qu'on peut avoir comme plusieurs existences en une seule. Après une période douloureuse à cause de sa maladie et de son manque d'activité, José avait fait son apparition de façon si opportune qu'elle ne s'en était pas méfiée. Depuis cet automne, il habitait près de chez elle. D'un commun accord, ils vivaient séparés à cause, disait-elle, de leurs « vieilles habitudes de célibataires endurcis ». Mais leur union était sans faille.

Les émotions qui nous ont vraiment marqués forment des cicatrices et créent les sentiments. Bons ou mauvais, ces sentiments guident nos réactions futures, nous les subissons ou les fuyons. Pourquoi ressent-on ces émotions ? Pourquoi certaines personnes en ont-elles plus que d'autres ? Je suis sûre que l'imagination est la cause de tout cela. Une émotion, ça vient des tripes mais surtout du cerveau. Une émotion c'est une sensation, une couleur, un parfum, un appétit, une musique… Tous les sens peuvent en être la cause et chacun les développe plus ou moins.

Grâce à Barbara, la « fille du château », j'ai appris l'ouverture d'esprit. Cette clé qui permet de voir les choses sous un autre angle. J'ai aussi maintenant le courage d'oser me lancer sans réserve, je prends une belle assurance. Enrichissement réciproque, je pense l'avoir aidée à dévoiler plus de sociabilité, de simplicité, de lâcher-prise et d'humour. De là ont émergé chez elle d'autres sentiments plus profonds qu'elle n'avait jamais expérimentés : l'amitié et l'amour.

Et finalement, par ces enseignements issus de nos confidences et de notre confiance mutuelle, nous avons fait un pas chacune dans l'apprentissage de la vie. Car cette amitié n'est pas celle que l'on s'efforce d'avoir mais celle qui coule naturellement de source. Pas celle du service mais celle du soutien. Pas celle de l'intérêt mais celle de l'honnêteté. Nous entretenons le plus possible, malgré les distances, ce lien du cœur, ce lien de partage et d'impulsion vers la réussite. Nous comptons l'une sur l'autre pour nous motiver dans nos projets d'orientation professionnelle, pour suivre le fil de l'espoir même quand se présentent des obstacles.

Et enfin l'amour. C'est encore toute une histoire ! À chacun sa vision, son ressenti, son rêve.

C'est pour cela que je pense qu'il faut se connaître soi-même avant de savoir ce que l'on veut ou ce que l'on ne veut pas aussi, et certains n'y parviennent que tardivement dans leur vie. Barbara s'est éprise de deux personnes en même temps. Elle a contacté et rencontré chacun des deux garçons. Lorsqu'elle leur a avoué la situation, ils lui ont évidemment demandé de faire un choix. Elle dit l'avoir fait et, dans un mois à peine, lors de nos prochaines vacances au « pueblo », elle révélera qui est l'heureux élu de son cœur. Les deux prétendants au trône, toujours en lice, sont impatients de le savoir… Moi, j'ai de la peine pour le soupirant qui soupirera… de peine.

La passion entre Luìs et moi est restée intacte. Pendant tous ces mois de séparation, nous avons continué à bâtir notre beau château d'amour. Les aveux de nos loupés, nos réussites, nos espoirs et nos projets sont autant de briques que nous portons à l'édification du monument. Nous les prenons et les plaçons à des endroits stratégiques : aux oubliettes ou en façade. À chaque étape, nous faisons le constat d'un mur parfait et cela nous satisfait. Le séjour madrilène n'a pas pu avoir lieu et on ne s'est vus que trois jours pour Noël. Mais ces trois jours ont été formidables car nous n'avons fait que parler de nos incroyables projets : pour lui venir étudier près de chez moi à Bordeaux, pour moi intégrer le conservatoire. Les dossiers sont envoyés, plus qu'à laisser faire le destin !

Voilà, c'est bouclé. Une citation de Nelson Mandela me vient à l'esprit : « *Un gagnant est un rêveur qui n'abandonne jamais.* » Je l'offre à ma copie, histoire d'en mettre plein les yeux au prof qui me corrigera. Je range mes affaires, rends ma feuille bien noircie et sors de la salle. Je souris car j'ai envie de saluer le public comme quand on achève une représentation. Passé la dernière porte, j'inspire l'air frais et libérateur et j'apprécie le moment présent. Je m'échappe de la foule, je marche dans la longue allée que j'ai tant de fois foulée en repensant à ce que j'ai écrit aujourd'hui et je suis satisfaite. Du moins sur le fond ; pour la forme, je ne sais pas. Maman me dit toujours que le plus important est de trouver de la satisfaction dans ce qu'on fait même si on a l'impression que c'est nul, sinon on n'avance pas. De toute façon, maintenant, c'est fini. La chanson est finie. Tout comme ces dernières vacances. Elles sont passées. Entourée de ma famille et mes amies, enveloppée de mes rêves et mes désirs, j'ai non seulement trouvé l'amour mais aussi ma voie professionnelle. Deux énormes pierres posées grâce à cette nouvelle donne : la confiance en moi-même.

J'arrive au grand portail qui clôt mes années de lycée et, sur le trottoir d'en face, un chat noir et blanc me fixe en fermant rapidement une paupière, comme s'il faisait un clin d'œil. Lentement et étrangement, il s'approche de moi, s'arrête à mes pieds et fait le dos rond en émettant un doux ronronnement : il attend mes caresses. Alors, je m'accroupis et, tout en posant ma main sur son poil soyeux, je me surprends à lui dire à haute voix : « Tu sais, les châteaux en Espagne, il faut y croire, j'en ai vu et j'en ai bâti ! »

Peu importe combien ils seront, mais il me plaît de penser que certains lecteurs retrouveront dans cette petite histoire leur âme d'enfant. Cet état d'esprit dans lequel tout est facile, beau et même magique. Cette innocence de penser que tout est possible. Je les encourage à construire de toutes leurs forces ce que certains croient vain : leur bonheur.

Par ce roman, j'aimerais tant que certains retrouvent cette émotion qui, un jour, les a rendus heureux. Ce petit instant de bonheur fixé dans le temps, pendant lequel une flamme s'est allumée. Une douceur indescriptible mais qu'ils ont pourtant, volontairement ou pas, petit à petit, oubliée. Par ce roman, j'aimerais tant que certains retrouvent « le souvenir heureux » de ce moment qui semble à la fois réel et imaginaire.

Par ce roman, j'aimerais tant que certains retrouvent tout simplement l'espoir, l'espoir naïf mais peut-être gagnant.

C.P.

REMERCIEMENTS

Les scènes et les personnages de cette histoire sont des pierres glanées sur mon chemin. Des vestiges amassés de-ci de-là qui ont construit ce roman. Certaines pierres sont arrondies et offrent de multiples reflets brillants, d'autres sont ternes et anguleuses. Certaines sont précieuses tandis que d'autres sont communes. Certaines sont des piédestaux sur lesquels on peut compter alors que d'autres nous entravent.

C'est ainsi que je remercie tout d'abord mon mari pour sa patience, ses encouragements et pour avoir supporté toutes ces heures passées sans lui. Ensuite, mes enfants, ma famille et mes amis qui m'ont poussée à aller jusqu'au bout des aventures de mon tout premier personnage. Merci pour leur confiance aveugle et leur indulgence quand ils me liront.

Mais aussi, je suis reconnaissante envers tous ceux que j'ai connus et qui m'ont tellement appris en me contrariant et en me blessant. Ils m'ont fait la surprise de ressurgir dans ces pages alors que je ne les attendais pas. Ces revenants ne me hantent pas mais je sais maintenant pourquoi ils sont apparus. Tout le monde a ses propres fantômes du passé.

Gratitude à celui qui, par son talent, a su revêtir cette histoire de sa belle couverture. L'image qui reste en mémoire, l'image qui résume tout : se persuader qu'aucune montagne n'est insurmontable. Merci à celle qui, sans le savoir, a fait naître Victoria, par son bel esprit. Merci infiniment à ceux qui ont fait émerger Olivier, Alexandra et Rosita et qui se reconnaîtront.

Je tiens également à exprimer ma reconnaissance à Isabelle D., ses conseils avisés ont été essentiels à l'aboutissement de ce projet.

Et pour finir, le plus grand des mercis revient à Victoria Martinez de m'avoir permis d'écrire sa belle histoire. Grâce à elle, j'ai eu l'impression d'entrer dans une maison où s'ouvraient constamment des portes laissant apparaître des décors insoupçonnables.

Écrire, c'est la liberté de s'exprimer mais c'est aussi et surtout prendre des risques. Mon héroïne m'a échappé dès la première ligne de son existence. En sa compagnie, je voulais juste faire une petite promenade de santé mais sa détermination m'a engagée sur des chemins de randonnée aussi inattendus qu'hasardeux. Barbara pourrait me dire: « Qui ne risque rien, n'a rien ! » mais je sais que Victoria, elle, dirait: « Risque la victoire ! »